KB250647

에 메
세 제 르
선 집

1

식 민 주 의 에

대 한

담 론

에메 세제르 Aimé Césaire, 1913~2008 | 1913년 카리브 해의 마르티니크 섬에서 태어나 2008년에 사망. 1931년에 프랑스로 유학을 갔고, 1934년 레옹 다마(Léon Damas), 레오폴 상고르(Léopold Sédar Senghor) 등과 함께 저널 『흑인 학생』(L'Étudiant noir)을 창간한다. 1937년부터 『열대』(Tropiques)의 편집을 맡으며 본격적인 시창작 활동을 전개하고, 그 결과로 『귀향 수첩』(Cabier d'un retour au pays natal, 1939)과 『놀라운 무기들』(Les armes miraculeuses, 1946)을 출간한다. 이후 『식민주의에 대한 담론』(Discours sur le colonialisme, 1955), 『어떤 태풍』(Une tempête, 1969)을 출간하며 아프리카 탈식민주의의 거장으로 거듭난다. 프란츠 파농(Frantz Fanon), 에두아르 글리상(Édouard Glissant) 등과 지적 교류를 나누었고, 프랑스 공산당(PCF)과 마르티니크 진보당(PPM)에서 정치활동을 전개했다.

옮긴이 이석호 | 원광대학교 학술연구교수를 역임했으며, 현재 (사)아프리카문화연구소 소장, 아시아/아프리카/라틴아메리카 문학포럼 집행위원, 국제게릴라극단 상임 연출자로 활동하고 있다.

Discours sur le colonialisme by Aimé Césaire

Discours sur le colonialisme, Aimé Césaire © Présence Africaine, 1955.
All Rights Reserved.
Korean translation copyright © 2011 by Greenbee Publishing Company.
This translation of *Discours sur le colonialisme* is published by arrangement with Présence Africaine through Milkwood Agency Co.

식민주의에 대한 담론 에메 세제르 선집 1

초판 1쇄 발행 _ 2011년 7월 10일

지은이 · 에메 세제르 | 옮긴이 · 이석호
펴낸이 · 유재건 | 펴낸곳 · (주)그린비출판사 | 등록번호 제313-1990-32호
주소 · 서울시 마포구 동교동 201-18 달리빌딩 2층 | 전화 · 702-2717 | 팩스 · 703-0272

ISBN 978-89-7682-127-0 04800   ISBN 978-89-7682-126-3(세트)
이 도서의 국립중앙도서관 출판시도서목록(CIP)은 e-CIP 홈페이지(http://www.nl.go.kr/ecip)와 국가자료공동목록시스템(http://www.nl.go.kr/kolisnet)에서 이용하실 수 있습니다.
(CIP제어번호: 2011002529)

이 책의 한국어판 저작권은 밀크우드 에이전시를 통해 저작권자와 독점계약한 그린비 출판사에 있습니다. 저작권법에 의해 한국 내에서 보호를 받는 저작물이므로 무단전재와 무단복제를 금합니다.
책값은 뒤표지에 있습니다. 잘못 만들어진 책은 서점에서 바꿔 드립니다.

그린비 출판사 나를 바꾸는 책, 세상을 바꾸는 책
홈페이지 · www.greenbee.co.kr | 전자우편 · editor@greenbee.co.kr

에메
세제르
선집

1

Aimé Césaire
Discours sur le colonialisme

에메 세제르 지음
이석호 옮김

식민주의에
대한
담론

B
그린비

| 차 례 |

식민주의에 대한 담론 · 7

| 일러두기 |

1 번역본은 프랑스어판(*Discours sur le colonialisme*, Présence Africaine, 1995)을 기준으로
  하되, 주로 영어판(*Discourse on Colonialism*, Monthly Review Press, 2001)을 이용했고,
  문단 구분은 프랑스어판을 따르되, 읽는 이들의 편의를 위해 부분적으로 수정했다.

2 독자의 이해를 돕기 위해 옮긴이가 첨가한 내용은 대괄호([ ])로 표시했다.

3 단행본·정기간행물에는 겹낫표(『 』)를, 논문·단편에는 낫표(「 」)를 사용했다.

4 외국 인명이나 지명, 작품명은 2002년 국립국어원에서 펴낸 외래어표기법을 따랐다.

식 민 주 의 에
대 한
담 론

*

스스로 초래한 문제를 해결할 능력을 잃은 문명은 부패한 문명이다.

가장 핵심적인 문제에 슬그머니 눈을 감아 버리는 문명 역시 병든 문명이다.

스스로를 지탱하는 원칙을 속임수나 사기의 목적으로 사용하는 문명은 물론 사멸해 가는 문명이다.

약 200여 년 동안 부르주아 계급의 통치를 받은 소위 '유럽'의 문명 혹은 '서양' 문명은 그 문명의 근간이 되는 두 가지 주요한 문제를 해결할 능력을 상실했다. 프롤레타리아 문제와 식민주의 문제가 바로 그 두 가지다. 그러므로 유럽은 이제 더 이상 '이성'이라는 잣대로 혹은 '양식'이라는 잣대로 자신을 정당화할 수 없다. 게다가 유럽은 시간이 갈수록 자신들의 속임수가 먹히지 않게 되자 보다 위악적인 위선 속으로 빠져들기 시작했다.

유럽은 이제 무기력 그 자체다.

이것은 미국의 전략가들이 귓속말로 떠들어 대는 바다.

그러나 이 문제는 그 자체로는 그렇게 심각한 것이 아니다.

진정 심각한 것은 '유럽'이 도덕적으로 그리고 정신적으로 무기력하다는 데 있다.

이 점은 오늘날 유럽의 대중들뿐만 아니라 과거 노예의 신분에서 자신을 해방시켜 마침내 작금의 심판자의 지위에 오른 수천, 수만의 민중들로부터도 지적되고 있다.

식민주의자들은 인도차이나에서는 학살을, 마다가스카르에서는 고문을 자행했다. 그리고 검은 아프리카^{사하라 사막 이남 지역}에서는 투사들을 투옥했으며 서인도제도에서는 민중들을 탄압했다. 식민지인들은 안다. 자신들이 그들보다 도덕적으로 우위에 있음을. 과거 자신들의 '지배자'는 거짓말쟁이임을.

그러므로 과거의 '지배자'는 취약할 수밖에 없다.

식민주의와 문명에 관해 말한 김에 유럽이 행한 거짓말 중의 거짓말이 무엇인지를 단도직입적으로 따져 보자.

식민주의와 문명이라?

이러한 주제를 다룰 때 조심해야 할 것은 문제의 본말을 기묘하게 호도하는 집단적 위선에 대한 맹신이다. 이는 흉측한 결론을 정당화하는 데 효과적이기 때문이다.

다시 말해 여기서 문제의 본질은 '식민주의란 근본적으로 무엇을 뜻하는가'라는 순박한 질문을 투명하게 바라보고, 위험할 정도로 투명하게 사고하며 투명하게 해답을 모색하는 것이라는 점이다. 동시에 식민주의는 복음화, 박애주의 사업, 무지와 질병과 폭군을 물리치고자 하는 욕망, **신**의 영광을 위한 기획 그리고 **법치**를 확장하기 위한 시도와 무관하다는 것을 직시해야 한다는 점이다. 동시에 식민주의란 모험가, 해적, 도매상, 선주, 채굴업자, 상인, 탐욕과 무력 그리고 그 뒤에 숨어 부끄럽게 자신의 모습을 투사하는 문명이라는 형식의 그림자임을 덤덤하게 인정해야 한다는 점이다. 문명이라는 형식의 그림자는 어느 역사적 시점에 도달하면 내부적인 이유 때문에 상호 적대적인 경제적 대립물을 전 지구적인 규모로 경쟁시킬 수밖에 없다.

　내가 분석해 본 바에 따르면, 위선이란 근대의 산물이다. **신전 정상**에서 멕시코를 발견한 코르테스도, 쿠스코^{옛 잉카의 수도} 전의 피사로도, (그리고 **칸발릭**^{옛 몽골 제국의 수도} 전의 마르코 폴로도) 자신들이 우월한 질서의 담지자임을 천명한 바 없다. 양민을 학살하고 노략질을 일삼으며 투구와 창과 탐욕으로 무장한 노예제도 지지자들은 그후에 나타났다. 그 원흉은 바로 기독교 정신이다. **기독교는 문명**이고, **이교도는 야만**이라는 부정한 방정식을 성립시킨 기독교. 그때문에 타락한 식민주의자이자 인종차별주의자가 양산될 수밖에 없었고, 그 피해는 고스란히 인도인들, 황인종들 그리고 흑인들에게로 돌아왔다.

　그러한 문제를 해결하기 위해서 나는 성향이 각기 다른 문명들을 서로 마주보게 할 것을 권고한다. 상호 이질적인 세계를 혼융하는 일은 매우 의미 있는 일이기 때문이다. 아무리 빼어난 특징^{特長}을 가지고 있는 문명일지라도, 모든 문명은 자고로 그 내부에 일말의 혼돈을 안고 있다. 그러므로 상호 교류는 어떤 문명에게든 산소 같은 것이다. 유럽의 가장 커다란 행운은 그곳이 교차로였다는 데 있다. 모든 사상의 중심이자 온갖 철학의 접점인 유럽 그리고 오만 가지 정서가 서로 만나는 곳, 유럽! 그곳은 에너지를 재분배하는 최적지일 수밖에 없다.

그럼에도 불구하고 나는 다음과 같은 질문을 던지지 않을 수 없다. 식민주의는 진정 상호 이질적인 문명들을 **만나게 했는가**? 아니면 한 발 양보해서, **만남을 주선하는** 방식 중 식민주의가 진정 최선이었는가?

나의 대답은 **아니오**이다.

나는 **식민주의와 문명** 사이에는 거대한 심연이 존재한다고 생각한다. 모든 유형의 식민주의적 탐험, 온갖 유형의 식민주의적 입법들 그리고 갖가지 유형의 식민주의적 기록들 중 안타깝게도 단 한 가지라도 인간적 가치를 담보한 것은 없다.

우리는 식민주의가 식민주의자들을 어떻게 **탈문명화**시켰고, 피폐하게 했으며 동시에 **비인간화**했는지를 고민해 보아야 한다. 뿐만 아니라 어떻게 식민주의가 식민주의자들의 잠들어 있는 본능을 일깨워 탐욕과 폭력과 인종적 증오와 도덕적 상대주의로 나아가게 했는지도 연구해 보아야 한다. 동시에 우리는 드러내야만 한다. 베트남에서 그리고 프랑스에서 누군가의 머리가 잘리거나 누군가의 눈알이 뽑혀 나올 때, 사람들은 한 사실을 인정했음을. 어떤 한 소녀가 강간을 당할 때마다 프랑스인들은 한 사실을 인정할 수밖에 없었음을. 어떤 한 마다가스카르인이 고문을 당할 때마다, 프랑스인들은 다시 한 사실을 인정할 수밖에 없었음을. 문명이란 다른 누군가의 육체를 필요로 한다는 사실을. 그리고 전 지구적으로 보편의 퇴행이 일어나고 있다는 사실을. 살썩는 냄새가 사방에 진동하고 있고 부패의 중심이 확산되고 있다는 사실을. 모든 조약의 파기가 끝나는 날, 온갖 거짓이 만천하에 드러나는 날, 많은 정복사업의 허상이 드러나는 날, 모든 수인囚人들의 포박이 풀리고 '심문'이 멈추는 날, 이 모든 영웅들에게 행한 고문이 끝나는 날,

만 가지 종류의 인종적 우월감과 자만심의 고무가 종식되는 날, 한 치 명적인 독소가 유럽의 혈맥 속으로 파고 들어가 서서히 그러나 분명하게 온 대륙을 **야만**의 나락으로 떨어뜨릴 것임을.

그러고 나면 어느 쾌청한 날 부르주아들은 끔찍한 충격에 휩싸일 것이다. 게슈타포들은 바빠지고, 감옥의 빈 방은 사라지며, 고문관들은 사실을 날조하고 정교하게 하며 합의를 강제할 것이다.

사람들은 놀라고 분노할 것이다. 그리고 말할 것이다. "참, 이상한 일이군! 하지만 걱정 말라구. 나치들 짓이야. 곧 지나가겠지!" 그리고 그들은 한 진실을 숨긴 채 기다리며 희망할 것이다. 나치주의는 야만 이라는 진실을 숨긴 채, 그 어떤 일상의 야만보다도 더 악랄한 야만 중의 야만이라는 진실을 숨긴 채. 나치주의, 그렇다. 그들은 나치의 피해 자이기 이전에 공범자다. 나치의 가해가 자신들에게 현실화되기 전까지는 그것을 묵인했으므로. 그것에 면죄부를 부여하고 양심의 눈을 감아 버렸으며 합리화하기까지 했으므로. 왜냐하면 그때까지만 해도 나치주의는 비유럽인들에게만 해당하는 것으로 치부했으므로. 따라서 나치주의를 고무한 책임은 그들 자신에게 있다. 동시에 그 나치주의가 유럽을, 기독교 문명을 통째로 집어삼켜 붉은 핏물로 물들이기 전에 그것으로 하여금 그 틈새를 비집고 들어가 단물을 빨고 핥도록 동기를 부여한 책임도 그들 자신에게 있다.

그렇다. 그러므로 히틀러와 히틀러주의를 보다 임상적으로 세세히 살펴보는 일은 매우 중요하다. 동시에 대단히 별나고, 대단히 인본주의적이며, 대단히 신실하기까지 한 20세기 부르주아 기독교도들에게 그들도 모르는 사이 그들 속에는 히틀러가 주리를 틀고 있었음을 간지해 주는 일 역시 매우 가치 있는 일이다. 다시 말해 히틀러가 그들과 **동거하고** 있었으며 그들의 **악마**가 되고 있었음을 말이다. 따라서 그들은 한 몸인 히틀러를 단죄할 수 없었음을 말이다. 히틀러를 단죄하는 일은 곧 자신을 단죄하는 모순이 되므로.

그들이 히틀러를 용서할 수 없었던 것은 그가 저지른 **범죄** 그 자체, 아니 **인간에 대한 범죄** 때문이 아니다. **인간 일반에게 가한 모멸감** 때문도 아니다. 그것은 그가 백인에게 죄악을 저질렀고 백인에게 모멸감을 선사했으며, 백인을 대상으로 백인만의 전유물인 식민주의 정책을 시행했기 때문이다. 당시까지만 해도 알제리의 아랍인들, 인도의 값싼 노동자들 그리고 아프리카의 흑인들에게만 배타적으로 사용되던 식민주의 정책을 말이다. 이것이 바로 내가 사이비 인본주의에 반대하는 이유다. 사이비 인본주의는 인권을 위축시켰다. 기실 인권이라는 개념은 과거에도 그랬지만 지금까지도 여전히 협소하고 분절적이며 불완전하고 편향적 의미로 사용되고 있다. 여러 가지 정황을 고려해 볼 때 인권이라는 개념은 인종차별주의적이라는 지저분한 면모를 지닌다.

내가 히틀러에 대해 이러쿵저러쿵 빈번하게 언급을 한 이유는 그가 그만한 가치가 있는 인물이기 때문이다. 그는 한 사태를 거시적인 안목으로 볼 줄 아는 사람이었다. 그는 현 단계의 자본주의로는 인권이라는 개념을 제대로 정립할 수 없음은 물론 심지어는 개인적인 윤리 체계까지도 정초할 수 없다는 사실을 간파하고 있었다. 좋든 싫든 유럽이라는 막다른 골목 끝에는 히틀러가 있었다. 물론 내가 여기서 말하는 유럽은 아데나워Konrad Adenauer, 슈만Robert Schuman, 비도Georges Bidault의 유럽 그리고 그 외 몇몇 사람들의 유럽을 의미한다. 또한 나날이 시들어 가는 자본주의의 끝자락에도 히틀러가 있었다. 형식적인 인본주의와 그것의 철학적인 부정의 종국에도 역시 히틀러가 있었다.

그러므로 나는 다음과 같은 발언을 상기하지 않을 수 없다.

"우리가 원하는 것은 평등이 아니라 지배이다. 타 인종의 나라는 고로 농노의 나라, 농사꾼의 나라, 산업노동자의 나라라는 신분을 벗어날 수 없다. 이것은 인간 사이의 평등을 제거하고자 함이 아니라 오히려 그것을 확장하고 법제화하기 위함이다."

이 발언의 의미는 명백하다. 동시에 거만하고 야만적이다. 이 발언은 우리를 그 끔찍한 야만의 속내로 구겨 넣었다. 그렇지만 한 발짝만 비켜나 보자.

이 발언의 화자는 누구인가? 말하기조차 부끄럽지만 서양의 **인본주의자**이다. 소위 '이상주의적인' 철학자로 명명되는 사람이다. 그가 바로 르낭Joseph Ernst Renan이다. 이건 우연이다. 위의 발언은 그가 쓴 『지적·도덕적 개혁』 La Réforme intellectuelle et morale이라는 책에서 빌려 온 것이다. 프랑스가 소위 힘의 논리에 반대해 정의의 이름으로 싸웠던 전쟁 끝에 썼다는 책 말이다. 이 책은 우리에게 부르주아의 도덕성에 대해 많은 것을 말해 준다.

우등한 인종에 의한 열등한 혹은 타락한 인종의 재탄생은 인본주의적 질서의 섭리이다. 우리에게 보통 사람이란 계급 없는 귀족을 의미한다. 육중한 손을 가지고 있어 잡일을 하기보다는 칼을 손에 쥐는 것이 어울리는 귀족. 따라서 그가 일을 선택하지 않고 싸움을 선택하는 것은 지당하다. 그것이 그의 최초의 존재조건이었으므로. 다시 말해 그것이 그의 천직이었으므로. 이 모든 것을 중국처럼 외세의 지배를 강력하게 희구하는 나라에 견주어 보면 그 의미가 명확해진다. 유럽 사회를 어지럽히는 모험주의자들을 축선으로 해서 프랑크족, 랑고바르드족, 노르만족 등을 재배치해 보라. 모든 이들이 정확하게 제 역할을 찾을 것이다. 놀라운 손기술을 가지고 있지만 공명심이 부족한 중국인들은 천성적으로 일꾼에 가깝다. 그러므로 정의의 이름으로 그들을 지배하라. 그들에게 놀라운 지배를 선사하는 대가로 지배종을 위해 풍성한 세금을 바치도록 해보라. 그들은 기뻐 춤을 출 것이다. 한편 땅 파는 데 어울리는 인종, 흑인! 그들에게는 친절하고 인간적인 대접을 해주라. 바라는 대로 될 것이다. 지배자와 검투사로 태어난 인종, 유럽인! 이들을 흑인이나 중국인처럼 막 굴려 보라. 틀림없이 반란이 일어날 것이다. 유럽의 반란은 거의 대부분이 영웅적인 삶을 살고자 하나 부르심을 받지 못해 그 기회를 상실한 무사들에 의해 일어났다. 그런 검투사들 앞에 그들의 본분과 어울리지 않는, 다시 말해 그들을 훌륭한 검투사가 아닌 하찮은 노동자로 전락시키는 일거리가 떨어졌을 때, 반란은 일어났다. 그렇지만 우리의 노동자들이 일으킨 반란의 삶은 중국인들을 혹은 범부들을 행복하게 만들었다. 중국인들이나 범부들이나 검투사의 삶과 전혀 관련이 없으므로. 각각 타고난 바대로 삶을 영위토록 하라. 모두가 행복해질 것이다.

위 발언이 히틀러의 것일까? 아니면 로젠베르크^{Alfred Rosenberg}의 것일까? 아니다. 르낭의 것이다.

내친 김에 한 발짝만 더 나가 보자. 이번에는 정치판에서 잔뼈가 굵은 한 정치가의 이야기다. 이런 자들의 이야기를 듣고도 과연 어느 누가 제대로 항변 한번 한 적이 있었는가? 내가 아는 한 아무도 없다. 인도차이나의 전 총독이었던 알베르 사로 Albert Sarraut 씨는 제국 대학의 학생들을 모아 놓고 이렇게 훈시했다. "소위 백인들이 소유하고 있는 고토를 회복해야 한다는 당위"의 이름으로 유럽인들의 식민주의 정책에 반대하는 행위는 부질없는 짓이라고. 또한 "유럽인들과 떨어져 살 권리를 주장하는 일은 아직도 개발의 여지가 많은 자원을 무능한 자들의 손에 맡기는 것"이나 마찬가지라고.

이번에는 한 목사의 이야기다. 바르드 목사는 이 세상의 재화가 "식민주의가 사라진 연고로 무분별하게 나뉜다면, 그 재화는 하나님의 목적을 위해서도 인간 집단의 필요를 위해서도 제대로 봉사할 수 없다"고 단언했다. 이 이야기를 듣고 분통을 터뜨린 사람이 과연 있었는가?

그의 동료인 뮐러 목사는 한술 더 뜬다.

"인본주의의 이름으로 야만인들의 무능, 무책임 그리고 나태를 용인해서는 안 된다. 그것은 하나님께서 모든 이들의 선의를 위해서 사용하라고 선시한 재화를 함부로 방치하는 꼴이 되기 때문이나."

아무도 없다.

고명하신 작가도, 학자도, 설교가도, 정의를 그리고 종교를 구한다는 순교자도, '인간적 가치의 수호자라는 자' 그 누구도 이런 발언에 제동을 걸었던 바가 없다.

따라서 사로와 바르드와 뮐러의 입을 통해서뿐만 아니라, 비유럽인은 보다 강력하고 보다 조직적인 선진 국민의 이익과 공공선을 위해서 일말의 희생을 감수해야 한다고 생각했거나 지금도 그렇게 생각하고 있는 사람들의 입을 통해서 히틀러는 이미 말하고 있는 것이다.

내가 말하고자 하는 바? 이것이다. 그 어떤 식민주의도 순수하지 않다는 것이다. 동시에 그 어떤 식민주의도 면죄부를 부여받을 수 없다는 것이다. 식민주의를 감행한 국가, 그 식민주의를 정당화한 문명―그러므로 그 문명은 이미 무력하다―은 이미 도덕적으로 타락한 병든 문명이라는 것이다. 이런 문명은 꼬리에 꼬리를 무는 문제를 발생시키며 끝도 없는 오리발을 필요로 한다. 그러고는 마침내 히틀러를 불러들이게 된다. 일종의 벌과로서 말이다.

식민주의, 그것은 야만을 문명화한다는 명분으로 일어났지만, 그때문에 어느 순간 문명에 대한 단순 소박한 부정이 일어날지도 모를 일이다. 어디선가 나는 식민주의 정벌사와 관련된 몇 가지 일화를 장황하게 소개한 바가 있다. 불행하게도 아무도 이 일화에 관심을 갖지 않았다. 무엇 때문에 저렇게 케케묵은 이야기를 꺼내나 의아해하면서. 그럴지도 모른다.

알제리를 정복한 자 중에 몽타냑^{Charles-H. Montagnac}이란 정벌대장이 있다. 이자가 이런 말을 했다.

"때때로 엄습해 오는 두려움을 물리치기 위해 나는 머리를 베며 걸어야 했다. 아티초크의 머리가 아니라 사람의 머리를 말이다."

데리송 백작^{Maurice I. d'Hérisson}은 어떤가? 이자의 발언은 듣지 않는 편이 더 나았을까? "실로 우리는 적군이건 아군이건 상관없이 포로들의 잘린 귀를 짝짝이 한 통 가득 담아 가지고 왔다."

성 아르노^{Saint-Arnaud}의 야만적인 신앙 고백은 어떤가? 그에게 그 권리를 박탈하는 편이 더 나았을까? "우리는 집들과 나무들을 버려 두기도 하고, 태우기도 했으며 약탈하기도 또 파괴하기도 했다."

　부조^{Thomas-R. Bugeaud} 사령관의 경우는 어떤가? 태곳적 선조들의 이름을 들먹거리며 과감한 이론화 작업에 나선 그를 말리기라도 했어야 옳았는가? "우리는 우리의 선조 프랑크족과 고트족이 했던 것처럼 아프리카를 멋지게 침략해야 한다."

　끝으로 나는 제라르^{Étienne-M. Gérard} 장군이 이끈 그 용맹 군대의 기억할 만한 위업을 망각의 그늘 속으로 밀어 넣고 추호도 스스로를 방어할 의사가 없었던 암비케^{Ambike}라는 도시의 포획에 대해 침묵해야만 하는가?

　"원주민 소총수들에게는 남자들만 죽이란 명령이 떨어졌다. 그러나 누구도 그들을 제어할 수 없었다. 피 냄새를 맡기 시작한 그들은 여자와 아이 가릴 것 없이 씨를 말렸다. …… 늦은 오후의 복사열 때문에 가벼운 안개가 피어올랐다. 그건 오천 명이나 되는 사망자들의 시체에서 피어오르는 피였고, 일몰의 태양 속으로 증발해 가는 도시였다."¹⁾

　이 이야기들은 사실일까? 사실일 수도 있고 거짓일 수도 있다. 그렇다면 안남 지역의 몽고인들을 대기 획일해 그 니근 소원을 시신으로

---

1) 이것은 투언앙(Thuận An) 시 공격에 관한 기록으로 1883년 9월 『르 피가로』(Le Figaro)지에 실리고 니콜라 세르방(Nicolas Serban)이 『피에르 로티, 그의 생애와 작품』(Pierre Loti: Sa vie et son œuvre)이란 책에서 재인용한 기사를 기초로 하고 있다. "당시 엄청난 학살이 자행되었다. 그들(원주민 소총수들)은 미친 듯이 총을 난사했다. 명령에 따라 일 분에 두 차례씩 단호하고도 일사분란하게 분수처럼 쏟아붓던 총알들은 어렵지 않게 목표물을 쓰러뜨렸다. 이런 장면을 목격하는 일은 큰 즐거움이었다. …… 어떤 자들은 미쳐 꼿꼿이 선 채로 달아날 궁리를 하기도 했다. …… 그들은 사방팔방으로 뛰어다니며 죽음과 경합을 벌이기도 했다. 다소 우스꽝스런 모습으로 허리께까지 옷을 추켜올린 채……그리고 우리는 웃으면서 죽은 자들의 수를 세어 나갔다."

뒤덮었던 로티에게 살 떨리듯 밀려오던 가학적 쾌감과 뭐라 형언할 수 없었던 즐거움은 어떠한가? 역시 사실일 수도 있고 사실이 아닐 수도 있다. 만약 이것이 사실이고 누구도 그것을 부정할 수 없다면, 어떻게 말해야 하는가? 사태를 축소하기 위해서라도 죽은 시체들이 그 무엇을 증명할 수 있겠느냐고? 내가 이토록 가증스러운 살육의 예를 몇 가지 든 것은 이것이 내게 병적인 쾌감을 가져다주기 때문이 아니다. 그 이유는 잘린 머리들과 수집된 귀들과 전소된 집들과 고트족의 침략과 피어오르던 피와 칼끝에서 증발하던 도시들, 이 모든 것들이 안이하게 처리될 수 있는 것들이 아니기 때문이다. 이것들은 반복컨대 식민주의가 소위 가장 문명화되었다는 인간마저도 비인간화함을 입증한다.

또한 원주민에 대한 경멸과 그것의 정당화에 기초한 식민지 활동, 식민지 사업 그리고 식민지 정복은 불가피하게 그것을 이행한 사람들조차도 변모시킬 수밖에 없었음을 입증한다. 동시에 자신의 죄의식을 달랠 목적으로 타자를 짐승 바라보듯 했던 식민주의자들이 종국에는 그 자신이 실제로 타자를 짐승 취급하는 주체가 되었을 뿐만 아니라 급기야는 **그 자신**도 어느 모로 보나 짐승이 될 수밖에 없었음을 의미한다. 이것은 식민주의의 부메랑 효과로 나타난 결과이다. 이 점이 바로 내가 지적하고자 하는 바이다.

불공평하다고? 천만에. 이 동일한 사실이 자부심의 근간이 된 때가 분명히 있었다. 미래에 대한 확신을 가지고 아예 대놓고 막말을 한 적도 있었다. 마지막으로 하나만 더 인용해 보자. 『식민주의에 대한 소고』라는 책을 쓴 카를 지거[2]가 한 말이다.

신생국가들은 대체로 개인에게 폭력 행위의 넓은 장場을 제공한다. 중심부 국가의 경우 이 장은 어떤 편견이나 혹은 인생에 대한 한 진지하고 정제된 관념에 도전할 때 주어질 때가 많다. 반면 식민지의 경우에는 이 장이 개개인의 자유의 확대와 그로 인해 주어질 존재가치의 상승을 주도하는 데 할애된다. 따라서 식민지는 어느 정도 현대사회에서 안전판 구실을 하는 것이 확실하다. 이것이 식민지의 유일한 존재가치일지라도, 그 가치는 결코 작지 않다.

물론 문제는 있다. 식민주의는 한 개인의 힘을 초월하며 완전한 청산이 불가능하다는 것.

그러나 식민지인에 대한 이야기로 말머리를 돌려 보자.

나는 식민주의가 파괴한 것이 무엇인지를 정확하게 안다. 놀라운 인도의 문명이 그중 하나다. 아즈텍이나 잉카 문명도 예외가 아니다. 내게는 헨리 데터딩Henri Deterding도, 로열 더치 셸 그룹Royal Dutch-Shell Group도, 스탠더드 정유회사Standard Oil Company도 위안거리가 되지 못한다.

내게는 또한 식민주의가 견인한 파괴의 원칙 때문에 곧 사라져 갈 운명에 처한 문명들이 명확하게 보인다. 남태평양군도, 나이지리아, 말라위의 문명이 그것이다. 식민주의가 공헌한 바라고는 눈을 씻고 찾아보려고 해야 찾아볼 수가 없다.

치안? 문화? 법치? 돌이켜 보건대 식민주의자와 식민지인이 정면

---

2) Carl Siger, *Essai sur la colonisation*, Société du Mercure de France, 1907.

으로 대면한 곳에서는 언제나 예외 없이 무력과 야만, 잔인성과 가학성 그리고 갈등이 불거져 나왔다. 교육이라는 미명을 통해서는 소위 장사를 하는 데 필요한 소수의 하역 기능인들과 '하급들', 장인들 및 사무직원들 그리고 통역사들이 급조되었다.

나는 접촉에 대해 이야기하고 있다.

식민주의자와 식민지인 사이에는 강제 노동과 협박, 압력, 경찰, 세금, 절도, 강간, 공물, 야유, 불신, 교만, 자위, 탐욕, 골 빈 엘리트들, 타락한 대중들만이 있을 뿐이다.

인간적 접촉은 고사하고 지배와 피지배의 관계만이 버티고 있을 뿐이다. 식민주의자를 자습감독으로, 군대의 장교로, 감방의 간수로 그리고 노예 지배자로 살게 하면서 식민지인은 생산의 한 도구로 전락시키는 관계 말이다.

따라서 내 공식은 이렇다. **식민주의=사물화.**

나는 우뢰와 같은 상찬의 함성을 듣는다. 진보와 위대한 '성취'와 질병의 완치와 삶의 질의 진일보에 대해 의심 없이 떠드는 사람들의 함성을.

그럴 때면 나는 본질을 박탈당한 사회와 그 사회의 짓밟힌 문화와 해체된 조직과 빼앗긴 땅과 풍비박산 난 종교와 파괴된 정교한 예술품과 피어 보지도 못한 나름의 놀라운 **가능성들**에 대해 이야기를 꺼낼 수밖에 없다.

그러면 식민주의자들은 내게 사실을, 통계학을, 몇 마일에 이르는 신작로를, 운하를 그리고 철로를 들이민다.

다시 말하지만 나는 여기서 콩고의 수도 브라자빌Brazzaville에서 포

앵트-누아르^{Pointe-Noire}라는 항구 도시에 이르는 철로를 놓는 데 동원된 기천의 민중들에 대해 이야기하고 있다. 내가 지금 이 글을 쓰는 사이에 맨손으로 아비장^{Abidjan} 항구를 건설하고 있을 노동자들에 대해서 말이다. 자신들의 고유한 신, 땅, 관습 그리고 삶, 즉 춤을 즐기는 삶, 지혜를 구하는 삶으로부터 철저하게 유리된 사람들에 대해서 말이다.

교활하게 주입된 공포에 사로잡혀 열등 콤플렉스를 간직하는 법, 무서움에 떠는 법, 무릎을 꿇는 법, 절망에 취하는 법 그리고 노예처럼 행동하는 법을 사사한 사람들에 대해서 말이다.

식민주의자들은 수천 톤에 이르는 면화나 코코아 수출로, 수만 에이커의 농장을 수놓은 올리브 나무나 포도 덩굴로 나를 현혹한다.

그러면 나는 다시 대답한다. 내가 이야기하고자 하는 바는 원주민의 **자연 경제**라고. 나름대로 조화롭고 신축적이었으나 식민주의 **경제**에 의해 철저하게 유린된 원주민의 **경제**에 대해 말하고 있다고. 다시 말해 파괴된 주식 작물, 그로 인해 야기된 끝도 없는 영양실조, 식민종주국의 이익을 보호하는 방향으로 서서히 변모해 가는 농업 개발 그리고 농산물 및 원자재의 약탈에 대해 이야기하고 있다고.

그러자 식민주의자들은 이번에는 권력 남용의 견제에 대해 목에 힘을 주며 이야기한다.

그 문제에 대해서라면 나 역시 할 말이 많다. 대단히 실제적이었던 과거의 권력이 그 끔찍한 면면을 타자에게 중첩시키며 오늘날의 권력으로 둔갑하는 상황에 대해서 말이다. 식민주의자들은 마침내 인간 구실을 하게 된 원주민 폭군에 대해 이야기한다. 그러면 나는 과거의 폭군이 이 새로운 원주민 폭군과 얼마나 절친하게 지내던 사이였는지를 지적한다. 또한 민중의 고혈을 빨기 위해 이들 사이에 얼마나 놀라운 상호 복무와 공조가 이루어지고 있었는지를 가리킨다.

식민주의자들은 문명에 대해 이야기하지만, 나는 민중들의 빈민화와 신비화에 대해 이야기한다. 내게는 비유럽 문명의 가치를 체계적으로 수호해야 할 의무가 있다.

매일매일 아니, 매 순간 부정되는 정의, 매번 벌어지는 경찰의 매질, 매 차례 피범벅이 되고 마는 노동자들의 요구, 매번 봉합되는 스캔들, 매번 벌어지는 그 끔찍한 탄압, 매번 불려 오는 경찰차와 군경들은 우리 전통사회의 가치를 다시 한번 상기시켜 준다.

우리의 전통사회는 공동체를 중시하는 사회였다. 특정 소수를 위해 다수가 복무하는 사회가 아니었다.

우리의 전통사회는 전前자본주의 사회였을 뿐만 아니라 앞에서 언급했던 바대로 **반反자본주의** 사회였다.

우리의 전통사회는 언제나 민주적인 사회였다.

우리의 전통사회는 형제애에 기초한 협동체 사회였다.

그러므로 나는 제국주의가 파괴한 우리의 전통사회를 체계적으로 변호해야 할 필요를 느낀다.

우리의 전통사회는 역사적 사실이다. 결코 개념이 아니다. 물론 부실한 점도 많았다. 그러나 그것이 전통사회에 대한 경멸과 저주로 연결되어서는 곤란하다. 기실 만족스러운 부분도 많았기 때문이다. 따라서 **실패**라든가 실패의 **화신**이라는 말로 그 사회를 치부해서는 안 된다. 아직도 녹슬지 않은 희망을 간직하고 있기 때문이다.

역으로 그 말은 솔직히 말해 유럽 외부에서 자행된 유럽의 행위 일반에 적용할 법하다. 내게 유일한 위안이 있다면 이것이다. 식민주의 시기는 지나갈 것이고, 국가는 짤막한 잠에서 깨어날 것이며, 민중들은 남아 있게 될 것이라는 위안.

이렇게 이야기하고 나니 몇몇 사람들이 떠드는 소리가 들린다. 내 안에 '유럽의 적'이 숨어 있다고. 그리고 내가 유럽 이전의 과거를 회복하고자 하는 선지자 같다고.

나는 내가 그런 오해를 살 만한 견해를 피력한 바가 있는지 찾아 헤맸다. 인간의 사상사에서 유럽의 중요성을 간과해 버린 적이 있는지, 어떤 종류의 것이든 소위 **회복**이라는 것에 대해 일장연설을 한 적이 있는지, 그리고 실제로 그런 **회복**이 가능하다고 발언한 적이 있는지에 대해서 말이다. 다행히 그런 견해를 피력한 적은 그 어디에도 없었다.

진실을 말하자면 난 그런 견해를 다소 다른 각도에서 표명한 적은 있었다. 아프리카의 그 엄청난 역사적 비극은 아프리카가 외부 세계와 때늦은 만남을 가졌기 때문이 아니라 그 만남의 방식에 문제가 있었기 때문이었다고. 유럽이 그 뻔뻔한 산업 지본가들의 손아귀에서 놀아나면서 '중상모략'이 시작되었다고. 고약하게도 하필 그 시기에 우리가 그 어떤 다른 대륙도 아닌 유럽을 만났다고. 그리고 유럽은 자신이 저지른 그 잔악무도한 역사적 만행을 인류 앞에서 사죄해야 한다고.

식민주의를 평가하는 문제와 관련해서도 고백할 것이 있다. 나는 유럽이 헌신을 다짐한 원주민 봉건 영주와 긴밀한 유착관계를 유지했을 뿐만 아니라 배후에서 그들의 전횡을 보다 효과적이고, 보다 효율적인 방식으로 조장한 관계로 **가장 위악적인 상태**에 직면해 있었던 원주민들의 과거사를 인위적으로 연장한 과오가 있다고 발언한 바 있다.

게다가 나는 이번 것은 정말 다른 의도로 발언한 것인데, 식민종주국 유럽이 저지른 현대판 인권유린과 그 악랄한 인종차별주의가 과거의 비민주와 불평등에 각각 기초하고 있음을 고발한 바 있다.

누군가 내 비판의 의도를 공격한다 해도 나는 고수할 것이다. 유럽은 비겁하게도 자신이 행한 식민사업의 정당성을 식민지 치하의 특정 영역에서 이룩한 가시적인 물질적 성과를 동원해 **후험적**으로 방어해 왔다는 견해를 말이다. 사실 **급작스런 변화**란 어느 누구의 역사에서도 항시적인 것이다. 만약 유럽이 개입하지 않았다면, 이들 식민지 국가들이 어떤 단계의 물질적 진보를 이룰 수 있었는지에 대해 자신 있게 말할 수 있는 사람은 없다. 아프리카와 아시아의 기술적 후진성과 그로 인해 이들 두 대륙이 시행한 '유럽식' 행정조직의 재정비는 일본의 예에서 보듯, 기실 유럽의 지배와 아무런 관련이 없다. 비유럽대륙의 유럽화가 유럽의 발꿈치 아래서 일어나지 않았다면 아마도 전혀 다른 방식으로 전개될 수도 있었을 것이다. 유럽화는 그 속도가 다소 더디긴 했지만, 여전히 **진행 중인** 운동이므로. 그러나 불행히도 그 운동은 유럽의 **지배**와 더불어 심한 훼절을 겪고 말았다.

그 증거는 이렇다. 오늘날 학교를 세우자는 사람들은 아프리카인들과 아시아인들이다. 식민종주국의 유럽인들은 그 필요를 부인하느라 바쁘다. 항만과 도로를 건설하자는 사람들도 아프리카인들이고 늑장을 부리는 이들은 식민종주국의 유럽인들이다. 과거를 청산하고 앞으로 나가자고 외치는 이들은 식민지인들이고, 그 발목을 잡는 이들은 식민주의자들이다.

사족 한 마디. 나는 오늘날 서구 유럽이 저지르는 야만의 수위가 최고조에 도달했다고 생각한다. **미국**의 야만이 그 수위를 훌쩍 초월했지만 말이다.

나의 발언은 히틀러를 겨냥한 것도 아니고, 수용소의 간수나 모험가를 표적으로 한 것도 아니다. 그 반대편에 있었던 '범용한 인간들'을 겨냥한 것이다. 나치의 친위대도, 시정잡배도 아닌 고고한 부르주아를 대상으로 한 것이다. 언젠가 레옹 블루아 Léon Bloy는 건달, 사기꾼, 화폐위조자, 절도범 그리고 모리배 같은 인간들이 "인도에 기독교적 가치를 전달"할 책임을 부여받은 것에 대해 분개한 적이 있다.

그래도 사정이 많이 나아진 편이다. 오늘날 식민지 행정을 도모하는 자들은 소위 그 '기독교적 가치'를 담지한 자들이므로. 물론 그 방법은 여전히 화폐위조자와 고문기술자의 그것을 그대로 답습하고 있지만 말이다. 당연히 그 방법이 성공할 리 만무하다.

잔인함, 조잡함, 저열함 그리고 부패가 유럽 부르주아의 정신 깊숙이 침윤되어 있다는 증거는 널려 있다.

반복컨대 나의 발언은 히틀러, 나치의 친위대, 박해 그리고 깜짜 처형들을 대상으로 하고 있지 않다. 누구의 주목도 받지 못했던 반응과 허용된 범위 내에서의 반사 그리고 인내 가능한 냉소 따위가 내 발언의 주 대상이다. 증거를 원한다면 내가 운 좋게도 프랑스 의회에서 목격한 살인적 히스테리의 한 장면을 제시하겠다.

오! 친애하는 동료 의원 여러분(그들은 이렇게 시작한다)! 모자를 벗고 경의를 표합니다(물론 살인마의 모자다)!

생각해 보라. 무려 구만 명의 마다가스카르인들이 살육을 당했다. 인도차이나는 짓밟히고 박살 났으며, 원주민을 대상으로 한 암살과 고문의 수준은 암흑의 중세를 방불케 한다. 얼마나 놀라운 일인가! 그 짜릿한 떨림이 졸고 있는 의원들을 일깨운다. 그러고는 격렬한 함성이 이어진다. 보자기에 덮힌 성찬식용 빵을 닮은 비도의 부드럽고 성스러운 살인 장면! 음습한 거래와 판에 박힌 막말의 소유자인 무테^{Marius} ^{Moutet}의 살인 장면! 통제 불가능한 곰 새끼처럼 실수를 연발하는 멍청한 코스테-플로레$^{Paul\ Coste-Floret}$의 살인 장면!

동료 의원 여러분, 내 이걸 어떻게 잊을 수 있겠소! 미라를 감은 천처럼 냉정하고 거룩한 말로 그들은 한 마다가스카르인을 포박했다. 그러고는 몇 가지 전통적인 수사로 당신 대신에 그를 찔렀다. 그리고 당신의 호루라기 소리가 들릴 때, 당신을 대신해 칼을 뽑았다. 놀라운 솜씨였다. 피 한 방울 헛되지 않았으므로.

마지막 남은 피 한 방울까지 남김없이 삼킨 그들은 물도 들이키지 않았다. 라마디에$^{Paul\ Ramadier}$ 같은 이는 희랍 신화에 나오는 실레누스처럼 자신의 얼굴을 피로 문질렀다. 퐁뤼프트-에스페라브^{Jacques} $^{Fonlupt-Espéraber}$는 그 피로 자신의 수염을 범벅했다.[3] 고대 갈리아족의 전유물인 그 물개수염을. 늙은 데자르댕$^{Paul\ Desjardins}$ 영감은 허리를 숙여 그 찔끔찔끔 흘러나온 수액을 감상하며 마치 새로운 포도주라도 되는 듯 그것을 음미했다. 폭력! 이건 바로 약자들의 폭력이다. 의미심장한 것은 이 점이다. 부패가 처음으로 시작된 곳은 문명의 머리가 아니라 바로 심장이라는 점 말이다.

---

3) 이후의 사태들이 증명하듯 천성이 나쁜 자들은 아니었지만, 적어도 그날만큼은 완벽한 광기에 사로잡혀 있었다.

유럽과 그 문명의 건전성 함양을 위해서라도 나는 "죽여라! 죽여!" 와 "끝장을 보자"라는 식의 함성들이 유약한 노인들뿐만 아니라 예수 회 신부들에게 교육을 받은 젊은이들에게서조차 붉거져 나오고 있는 현실에 대해 개탄한다. 이들의 함성은 파리에 사는 은행 파괴주의자들 의 그 선동적인 함성들보다도 내게는 공감하기 힘들다는 인상을 주기 때문이다.

유념할 것은 이러한 일들이 결코 특별한 일들이 아니란 사실이다.

그 반대로 부르주아들에게서 언뜻언뜻 비치는 금수禽獸 같은 특성 은 매우 범상한 것이다. 우리는 이미 한 세기를 그 궤도 위에 있었다. 때로는 주의 깊게 경청도 해보았고, 의외로 수락을 결정하기도 했으 며, 역으로 콧방귀도 뀌어 보았고, 이내 아쉬워 되찾아 보기도 했다. 그 런 와중에 잃고 찾기를 반복하기도 하고 또 그 그늘에 들기도 했지만, 매일매일 드러나는 부르주아의 그 금수성은 날이 갈수록 역겨웠다. 하 지만 진정 나를 괴롭히는 것은 앞서 말한 자들의 인종차별주의가 아니 다. 인종차별 문제에 대해서는 이제 화도 나지 않는다. 인종차별 문제 는 그저 지나가는 길에 넌지시 건드려 본 것뿐이다. 그 이상도 이하도 아니다. 인종차별 문제에 관한 한 오히려 나는 고마움을 느낀다. 백주 같은 대낮에 그 문제를 공공연하게 드러내 준 것에 대해서 말이다. 그 것은 일종의 전조이다. 한때 바스티유 감옥을 흔들었던 그 겁 없는 계 급이 지금은 기력을 다했다는 전조요, 죽음을 기다리고 있다는 전조이 며, 시체가 되어 가고 있다는 전조이다. 그 시체가 옹알거리기 시작하 면 당신은 이 경지에 이를 것이다.

콜럼버스가 맹위를 떨치던 시기에 신세계의 열등한 원주민들을 같은 인간으로 취급하기를 거부했던 일 세대 유럽인들의 본능 속에는 일말의 진실이 있었다. …… 원주민들을 보며 짧게나마 저주의 기록을 연상하지 않고 넘어가기란 수월치 않기 때문이다. 그들의 영혼뿐만 아니라 가시적인 육체에 각인된 저주의 기록을 말이다.

조제프 드 메스트르Joseph de Maistre의 말이다.
(신비한 제련술의 표본이다)
그 다음 당신은 또 이 경지에 이를 것이다.

자연선택의 관점에서 볼 때 나는 황인종이나 흑인종들의 수적 팽창이 견제하기 힘든 지경에 이르게 될까 두렵다. 그렇지만 미래의 사회가 금발은 지배계급으로 그리고 미천한 인종은 노동계급으로 엄격하게 구분되는 이분법적 토대 위에 구축이 될 수만 있다면, 황인종과 흑인종들은 그 구분을 별 이의 없이 받아들이게 될 것이다. 이러한 구도는 금발들에게 불편함보다는 편리함을 가져다줄 것이다. …… 명심해야 할 것은 노예제도는 말이나 소를 길들이는 행위와 하등 다를 바 없다는 사실이다. 따라서 노예제도가 미래에 어떤 형태로든지 반드시 재출현하게 될 것이라는 점은 명백하다. 단순한 대안이 출현하지 않는 한 말이다. 그 대안은 자연선택을 통한 한 독단적인 지배종의 출현이다.

과학적 제련술의 표본인 라푸즈Vacherde de Lapouge의 말이다.
그 다음 당신은 또 이 경지에 이를 것이다.

(이번에는 문학적인 제련술의 대표적인 사례이다)

나는 나 자신이 초라한 맘베레Mambere의 바야인들보다 우등한 인간임을 확신해야 한다. **내 혈통에 대해 자부심을 가져야 한다는 뜻이다.** 우등한 인간이 그 우등함을 인정하지 않을 때, 그 인간은 실로 우등해질 수가 없다. ······ **우등한 인종이 그 선택받음을 인정하지 않을 때, 그 인종은 실로 선택을 받을 수가 없다.**

아프리카의 시카리Ernest Psichari 전사가 한 말이다.

이 말을 신문용 언어로 옮기면 단번에 에밀 파게Emile Faguet의 말이 된다.

고대인들은 우리와 동종이다. 희랍인이나 로마인처럼 말이다. 우리는 그들과 사촌 간이다. 그러나 황인종이나 흑인종들은 우리의 사촌이 아니다. 왜냐하면 그들과 우리 사이에는 실로 커다란 실제적 차이와 거리가 있기 때문이다. 인종적 차이와 서리가 그것이나. **결국 문명을 창달한 것은 백인뿐이다.** ······ 만약 유럽이 황인종화되었더라면, 분명 퇴행이 일어났을 것이다. 새로운 암흑과 혼돈의 시대, 다시 말해 또 다른 중세로의 역행이 일어났을 것이다.

이러한 발언의 저변에는 아무리 퍼내려고 해도 퍼낼 수 없는 삽머리보다 더 낮은 곳에 위치한 프랑스 학술원의 구성원이자『르뷔 데 두 몽드』Revue des Deux Mondes 지의 [편저자인] 쥘 로맹 씨가 자리하고 있다(쥘 로맹은 파리굴 씨의 필명이며, 아래의 인용에서는 편의상 살세트로 등장한다).[4] 쥘 로맹 씨는 다음과 같은 발언을 하기에까지 이른다.

나는 다음과 같은 가설에 동의하는 사람들과만 토론을 계속할 것이다. 프랑스는 그 심장부에 천만의 흑인들을 거느리고 있는데, 그중 오륙백만이 가롱 계곡에 밀집해 산다 하자. 이 경우 이 지역에 사는 우리의 용감한 주민들이 인종편견을 갖지 않을 수 있겠는가라는 가설에 말이다. 동시에 만약 모든 권력을 과거 노예의 자식들인 흑인들에게 전수해야 한다고 할 때 조금이라도 두려움을 느끼지 않을 주민들이 있겠는가라는 가설에 말이다. …… 한번은 내 앞에 토종 흑인 약 스무 여남은 명이 있었다. …… 그들이 남자·여자 가릴 것 없이 모두 껌을 씹고 있었다는 사실을 비난할 생각은 추호도 없다. 다만 지적하고 싶은 것은 …… 이것은 턱을 강조하는 효과만을 낳을 뿐이라는 생각이다. 이 장면을 보며 문득 떠올린 것은 적도의 열대우림이지 행렬이 아니었다. 흑인들에게서는 아인슈타인이나 스트라빈스키 그리고 거슈윈 같은 이가 나온 바 없고 앞으로도 영원히 나오지 않을 것이다.

참으로 한심한 인종 간 비교다. 『르뷔 데 두 몽드』를 쓴 선지자가 '전 세계에 편재한' 인종 간의 간극을 상정하고 있으므로, 나는 흑인으

---

4) 쥘 로맹(Jules Romains)은 루이스 파리굴(Louis Farigoule)의 별칭으로 1953년부터 정식으로 사용한 이름이다. 살세트(Salsette)는 1942년에 나온 『살세트, 미국을 발견하다』(*Salsette Discovers America*)라는 책에 나오는 인물이다. 본문에 등장하는 인용문은 1950년 파리에서 재출간한 책에서 가져온 것이다. ──옮긴이

로서 이렇게 생각한다(누구도 자유연상을 통제할 수 없으므로). 그 선지자의 목소리는 도도나의 참나무가 바람에 쓸리며 내는 소리 혹은 청동의 떨림소리[5]에 가깝다기보다는 미주리의 한 노새가 울어 대는 소리에 가깝다고 말이다.

다시 한번 나는 우리 흑인의 전통문명을 체계적으로 비호해야 할 필요를 느낀다. 돌이켜 보건대 참으로 모범적인 문명이었다.

그렇다면 해답은 과거로 돌아가는 것이냐고 누군가 물을 것이다. 다시 한번 강조하건대 물론 아니다. 우리는 '이것 아니면 저것'이라는 양자택일의 논리에 젖어 있는 사람들이 아니다. 우리에게 문제는 과거를 유토피아적으로 혹은 퇴영(退嬰)적으로 반복하는 것이 아니다. 그것을 넘어서는 것이다. 우리가 복권시키고자 하는 사회는 죽은 사회가 아니기 때문이다. 그러한 사회는 특이한 것만을 찾아 헤매는 별종들에게나 어울릴 법하다. 또한 우리가 간절히 희구하는 사회는 인류의 역사상 가장 부패한 현행의 식민주의 체제가 아니다. 우리의 모든 노예 형제들이 힘을 합쳐 이룩해 내야 될 사회는 현대의 그 놀라운 생산력을 갖추고 있는 것은 물론 과거의 그 따뜻한 형제애까지도 껴안을 수 있는 그런 새로운 사회이다.

이것이 가능함을 보여 주는 몇 가지 사례 중의 하나가 소련이다.

쥘 로맹 씨에게로 다시 한번 되돌아가 보자.

일반적인 기대와 달리 소시민들은 책을 많이 읽는다. 책을 많이 읽

---

5) 희랍 신화에 나오는 도도나의 신탁편을 보면, 신탁이 접수될 때 신성한 참나무 잎이 바람에 쓸리는 소리를 낸다. 동시에 쇠사슬 채찍을 들고 서 있는 청동으로 만든 신전의 한 인물이 그것을 내리쳐 긴 금속성 진동음을 만들어 낸다. ——옮긴이

는 정도가 아니라 탐독을 한다.

문제는 한 특정한 원초적인 소화체계처럼 작동하는 그들의 뇌다. 그들의 뇌는 부르주아의 투명한 양심이라는 두꺼운 육질을 살찌우는 것만을 통관시키는 여과 절차를 필요로 한다.

프랑스인들이 출현하기 이전의 베트남인들은 우아하고 수려한 전통문명을 가지고 있었다. 이러한 사실을 상기시키면 인도차이나의 은행들이 난리를 피울 것이다. 기억을 새록새록 피워 올려 보라!

오늘날 고문을 당하는 많은 수의 마다가스카르인들은 불과 백 년 전만 해도 대부분이 시인들이자 예술가들이었으며 훌륭한 관료들이었다. 쉬이이잇! 입을 다물라고! 굳게 닫힌 금고 같은 침묵이 일시에 개시된다. 다행스럽게도 아직 남아 있는 흑인들이 있다. 아! 흑인들! 그래, 흑인들에 대해 이야기해 보자!

흑인들에 대해서 말이다.

수단 제국에 대해서 이야기를 해볼까? 아니면 베닌의 동상에 대해서? 상고의 조각에 대해서? 내겐 이것들이 하등 문제가 되지 않는다. 최소한 오늘날 유럽의 여러 도시들에 걸려 있는 감각적으로 조야한 미술품들로부터 기분전환을 할 수 있도록 도움을 주므로. 아프리카 음악에 대해서는 어떤가?

차라리 아프리카를 찾아온 최초의 항해사가 보고 말한 것에 대해서 이야기를 나누어 볼까? …… 집단으로 여물을 먹는 사람들에 대해서가 아니라 델베Maurice d'Elbée와 마르셰Georges Marchais와 피가페타Antonio Pigafetta 같은 이들에 대해서 말이다. 그리고 프로베니우스Leo Frobenius에 대해서도! 프로베니우스가 누구인가? 다 함께 읽어 보자.

"뼛속까지 문명화하라. 야만인 흑인이라는 개념은 유럽인들의 조작물이다."

소시민들은 더 이상 듣고 싶지 않을 것이다. 그러면 재빨리 귀를 막고 그 생각을 떨쳐 버릴 것이다.

귀찮은 파리 같은 그 생각을.

그러므로 동지들아, 그대들에게는 고상하고, 투명하게 그리고 줄기차게 물리쳐야 할 공공의 적들이 있다. 가학적인 관료, 욕심 많은 은행가, 고문을 자행하는 관리, 매질하는 식민주의자, 부패하고 부정한 정치인, 정권의 눈치를 보는 판사 등이 그들이다. 같은 이유로 이들 못지않게 배척해야 할 인사들도 있다. 독사 같은 언론인, 돈에 눈 먼 무식하고 말만 많은 학자, 형이상학만을 일삼는 인종주의 학자들, 피상적인 이론으로 무장한 벨기에의 신학자들, 냄새 나는 니체의 가랑이 사이에서 태어난 떠버리 지식인들, 가부장적 인간, 뒷돈 거래자들, 청렴하지 않은 인간, 험담가, 별난 것을 선호하는 기벽의 소유자, 분리주의자, 중농주의러 시회학지, 시기꾼, 농간꾼, 디헐질의 에슬기, 기짓말갱이 그리고 서구 부르주아 사회를 수호하기 위해 고안된 노동분화 원칙을 충실하게 추수하면서 다양하고 변칙적인 방식으로 진보세력을 분열, 책동하는 자들 일반 그리고 진보의 가능성 자체를 부정하는 자 등이다. 이들은 모두 자본주의의 주구主構이자 직간접적인 지지자들이다. 이들 모두는 예외 없이 혐오스러운 인간들, 노예 무역업자들로서 폭력적인 혁명의 원인을 제공하는 자들이다.

물리쳐라! 도사연하는 자들, 모사의 창시자들, 사기꾼들, 모리배들을. 이 자들의 신앙이 돈독한지 그렇지 않은지에 대해서는 관심을 갖지 말라. 또한 이들의 의도가 순수한 것이었는지 그렇지 않은 것이었는지에 대해서도 일절 신경 쓰지 말라. 베드로 혹은 바울, 이들이 개인적으로 식민주의를 옹호하는 자들인지 아닌지에 대해서도. 왜냐하면 정작 중요한 것은 이들이 지닌 소위 건실한 신심이라는 것이 실은 매우 문제가 많은 주관적인 개념일 뿐만 아니라 자본주의의 충견으로서 이들이 수행하는 악역의 객관적이고 사회적인 의미와 무관하기 때문이다.

이 점과 관련해 다음의 인용들을 보자(의도적으로 다양한 분야에서 골랐다).

① 구루Pierre Gourou가 쓴 『열대 국가들』Les Pays Tropicaux에 보면, 몇 가지 그럴듯한 분석을 제외하고는 강력한 편견에 사로잡혀 있어 도저히 용납할 수 없는 한 기본적인 가설이 눈에 띈다. 자고로 열대에서는 위대한 문명이 발생하지 않았다는 가설이 그것이다. 위대한 문명은 기후가 온화한 지역의 산물이라는 것이다. 열대 지방의 경우, 문명의 씨앗은 주로 외부에서 견인되었다는 것이다. 따라서 열대 지방이 그 악랄한 인종차별주의자들의 전매특허인 생물학적 저주의 대상이 되지 않았다면, 아마도 그와 유사한 강도로 그와 유사한 결과를 야기한 지리학적 저주의 대상이 되었으리라는 것이다.

② 벨기에의 선교사인 템플 목사Placide Tempels가 언급한 '반투철학'Bantu Philosophy [6]에 대해 살펴보자. 누구나 기대하듯 이 부박한 개념은 흑인들이 주창한 '공동체의 유물론'이라는 개념을 교란시켜 이

---

6) 사하라 사막 이남에 사는 아프리카인들의 철학을 말한다.──옮긴이

들을 '도덕적 부랑자'로 만들기 위한 불순한 의도로 매우 교묘하게 윤색되었다. 마치 힌두교가 국외자에 의해 윤색된 것처럼 말이다.

③ 이번에는 문명사가 혹은 문명국의 소설가라는 작자들에 관한 것이다(이들은 동종이다). 어느 한쪽이 다른 한쪽보다 더 낫다고 말할 수 없을 정도다. 극소수의 예외를 제외하고는 말이다. 이자들의 경우 소위 객관성, 맹목적 애국심, 간교한 인종차별주의, 백인종을 제외한 기타 인종들, 그중 특히 흑인종에게는 그 어떤 특권도 배려하지 않는 저급한 열정 그리고 모든 영광을 독차지하고자 하는 집착 등이 큰 문제이다.

④ 이번에는 심리학자들과 사회학자들의 경우이다. 이들의 '원시성'에 대한 견해, 뻐딱한 탐구, 이기적인 일반화, 일관성 없는 고찰, 예외적이면서 '개별적인' 비非백인의 특성에 대한 부각 등이 문제이다. 이들은 원시적 사고의 취약점을 최고의 권위로 무장하기 위해 자신들의 견해는 견고한 합리성에 기반하고 있다고 강변한다. 이들은 또한 "이성은 누구에게나 온전하고 완전하다." 그리고 "동종의 개별자들에게는 우연한 질적 차이만 있을 뿐 형태적·본질적 차이는 없다"는 데카르트의 보편주의 헌장격인 명제들을 명분을 부정하면서까지 야만적으로 거스른다.

이자들이 한 발언을 중심으로 좀더 세부적으로 들어가 보자. 그럴 만한 가치가 있을 것이다. 역사가들 일반은 물론이고 식민주의 역사가들 그리고 이집트 연구자들에만 국한해서 살펴보지는 않을 것이다. 전자의 오류는 너무 명백한 반면, 독자들을 절묘하게 오도하는 후자의 오류는 불세출의 흑인 작가인 셰이크 안타 디옵이 쓴 아프리카인들의

각성에 전무후무한 공적을 남길 『흑인들의 국가와 문화』에서 이미 통렬하게 강타당하고 있기 때문이다.[7]

정확도를 기하기 위해 다시 구루 씨에게로 되돌아 가 보자.

구루 씨 같은 명망 있는 학자가 원주민들은 현대의 과학 발전에 "아무런 기여도 하지 않았다"고 발언한 것이 매우 피상적인 것임은 다시 부언하고 싶지 않다. 열대의 국가들이 맞이하게 된 해방도 원주민들의 노력, 그들의 해방투쟁, 삶과 자유와 문화를 지키기 위한 구체적인 싸움의 산물이 아니라 법이 조목조목 지적하듯 "열대 지역의 인구를 늘리고 문명을 선진화시키는 책임은 비열대 지역의 문화적 역량에 달려 있다"고 믿은 선량한 식민주의자들 때문이라고 말한 것에 대해서도 왈가왈부하고 싶지 않다.

---

7) 셰이크 안타 디옵(Cheikh Anta Diop)이 쓴 1955년 판 『흑인들의 국가와 문화』(*Nations Nègres Et Culture*)라는 책을 보라. 헤로도토스는 이집트가 원래 에티오피아의 유일한 식민지였을 뿐이라고 주장한다. 디오도로스 시켈로스(Diodorus Siculus)는 헤로도토스의 논의를 이어받아 같은 주장을 반복하며, 그의 말이 맞다고 옹호한다. 이런 주장을 어떻게 반박하지 않을 수 있겠는가? 이들의 발언이 정설로 여겨지는 가운데 몇몇 서구의 학자들은 납득할 만한 설명을 제공하지도 못한 채 이집트를 고의적으로 아프리카 대륙으로부터 분리시키는 일에 매진하게 된다. 개중 성공을 거둔 자가 몇 있는데, 그중 하나가 귀스타브 르 봉(Gustave Le Bon)이다. 그의 낯 두꺼운 발언을 들어 보자. "이집트인들은 햄족(Hamites)이다. 이 말은 이들이 리디아인들, 게틀리아인들, 무어인들, 누미디아인들 그리고 베르베르인들처럼 백인임을 뜻한다." 마스페로라는 자도 한몫 거든다. 그는 가능성이 전혀 없는데도 불구하고 이집트어를 셈어, 그중 특히 히브리-아랍어족 군에 포함시키려 각고의 노력을 기울인다. 그 결과는 이집트인은 원래 셈족(Semites)이었다는 것이다. 바이갈(Erhard Weigal)이라는 자도 눈에 띈다. 이자는 지리학적인 설명을 동원하여 이집트 문명은 원래 하류에서 발생하여 상류로 역류해 갔다고 주장한다. 강을 따라 상류로만 올라간 이유는 하류로 내려갈 수가 없었기 때문이라는 것이다. 그러나 독자들은 이 발언의 진의를 이미 간파했을 것이다. 그 이유는 자명하다. 이집트 하류는 지중해에 맞닿아 있어 백인 문명과 지척에 있으나, 이집트 상류는 반대로 흑인 국가에 인접해 있기 때문이다. 바이갈의 주장은 슈바인푸르트(Georg August Schweinfurth)의 관점에서 보면 단박에 반론이 가능하다. 그는 이집트 동식물의 기원을 '수백 마일 나일강 상류'로 상정한다.

앞에서 언급했다시피 구루 씨의 관찰력은 정확한 구석이 없지 않다. 다음의 발언이 이를 입증한다. "열대의 환경과 원주민 사회는 잘못 전수된 기술력으로 인해 많은 피해를 입었다. 무임노동에서부터 용역, 강제노동, 노예제도 그리고 이쪽저쪽으로 떠도는 노동력의 이동 등에 이르기까지 말이다. 노동자들은 이주 과정에서 생기는 생물학적 환경의 급작스런 변화와 익숙하지 않은 새로운 조건 때문에 고달픈 시간을 보내야만 했다"고 구루 씨는 식민주의의 대차대조표를 쓰고 있다.

그럴듯한 기록이다. 흡족한 미소를 짓고 있을 대학 교수의 얼굴이 떠오른다. 이 문장을 읽으며 비슷한 표정을 하고 있을 내각 관료의 얼굴도 떠오른다. 아뿔싸! 그러나 우리의 구루 씨는 심각한 실수를 저지르고 말았다. 시작일 뿐이다. "열대 지역의 국가들에게는 다음과 같은 딜레마가 있다. 경기 침체 그러나 국민 보호와 단기적인 경기부양 그러나 국민 보호 의무의 포기 중 어느 한쪽만을 선택해야만 한다는 것이다." 나는 외친다. "이보시오, 구루 씨! 참, 대책이 없구려! 하나 일러두리다! 이 게임에서 위험에 처한 것은 바로 당신이라고 막이오!" 그러자 우리의 구루 씨는 한발 물러서더니 어물쩍거리며 말했다. 만약 딜레마가 실제로 존재한다면, 그것은 현 체제의 문제라고. 이 모순은 철칙의 집행을 요청하는바, 이는 식민주의 체제 내 자본주의 철칙의 입법화를 의미한다고. 과거에 쇠퇴의 조짐을 보이다가 현재 빠른 속도로 쇠잔해 가고 있는 자본주의 철칙의 입법화를 말이다.

이따위 지리학이란 또 얼마나 불온하고 세속적인가!

그나마 낫다는 것이 템플 목사의 견해이다. 콩고인을 살육하고 고문하라. 벨기에 식민주의자들로 하여금 콩고인들의 천연자원을 마음

껏 노획하게 하라. 동시에 그들의 자유를 짓밟고, 자존심을 유린하게 하라. 그리고 식민주의자들의 걸음에 평화 있으라! 이것이 템플 목사의 입장이다. 당신, 조심하시오! 콩고에 가시렵니까? 그럼, 존중하셔야지요! 원주민의 재화에 대해서 말하는 것이 아닙니다. 그것에 대해 말할라치면 그 위대한 벨기에의 기업들이 자신들의 이윤을 채 간다고 생각할 게 뻔하니까요. 원주민들의 자유에 대해 이야기하는 것도 아닙니다. 이것에 대해 말할라치면 벨기에의 식민주의자들이 불온한 주제라고 간주할 게 뻔하니까요. 콩고인들의 국가 건설에 대해 말하는 것도 물론 아닙니다. 벨기에의 식민주의자들이 이 점에 대해서만큼은 예민하게 굴 게 뻔하니까요. 내가 하고 싶은 말은 이것입니다. 콩고에 가시렵니까? 그럼, 존중하셔야지요! 반투인Bantu들의 철학을요!

템플 목사는 이렇게 쓰고 있다.

"정말 분통 터지는 일은 소위 백인 교육자라는 자가 나서 흑인이 소유하고 있는 그 고유한 영혼을 절멸시켜야 한다고 강짜를 부리는 일이다. 우리들로 하여금 흑인이 얼마나 열등한 존재인지를 상기시켜 줄 그 유일무이한 물증을 말이다. 식민주의자의 입장에서 볼 때, 그 귀중한 물증으로부터 그리고 진리의 고갱이를 간직하고 있는 그들만의 전통적인 사유로부터 원시적인 인종을 해방시켜 주는 일은 인류에 대한 죄악이다."

참, 너그러우십니다, 목사님! 열정 또한 그에 못지않으시고요!

반투인들의 사유는 본질적으로 존재론적이다. 반투인들의 존재론은 생명력과 생명력의 위계질서라는 원초적인 관념 위에 기초하고 있다. 반투인들에게 존재론적 질서는 우주가 신[8]으로부터 비롯되었고 그것을 성문^{聖文}처럼 떠받듦을 의미한다.

이 얼마나 놀라운 절호의 기회인가! 모두가 망외^{望外}의 소득을 얻을 수 있는 기회 말이다. 기업도, 식민주의자도, 정부도! 스스로 화를 자초한 반투인들만 빼고 모두가 말이다.

반투인들의 사유는 존재론적이므로, 이들이 요구하는 바는 간단하다. 존재론적 본성을 만족시켜 달라는 것이다. 정당한 품삯과 안락한 주택과 먹거리를 제공해 달라는 것이다. 얼마나 순진한 영혼의 소유자들인가! "반투인들에게 그 무엇보다 중요한 것은 경제적 혹은 물질적 진보가 아니다. 백인들의 인정과 존중이다. 자신들의 인간적 존엄성과 인간적 가치를 인정하고 존중해 달라는 것이다."

간단히 말해 반투인들의 생명력에 당신들의 모자를 씌워 달라는 것이다. 반투인들의 그 불멸의 영혼에 윙크를 한번 해달라는 것이다. 당신들이 지불해야 할 몫은 그것이 전부라는 것이다. 얼마나 경제적인 일인가! 정부 차원에서도 불만을 토로할 일이 뭐가 있는가? 템플 목사도 이미 만족스럽게 지저한 바 있는 터에. "백인들을 처음 본 순간부터 반투인들은 우리들을 그들에게 유일한 시점인 반투철학의 시점으로 보았다." 그 결과로 **"우리들을 자신들의 생명력의 위계질서 중 매우 높은 위치에 편입시켜 놓았다."**

다른 말로 바꾸면 이렇다. 백인, 특히 벨기에인, 더더욱 특별히 알베르^{Albert I of Belgium}와 레오폴드^{Leopold II of Belgium}는 반투인들의 생명

---

8) 나는 여기서 반투인들의 철학을 공격할 생각은 없다. 다만, '신'이라는 개념을 정치적 목적으로 사용하는 몇몇 파벌들의 문제점에 대해 지적하고 있을 뿐이다.

력의 위계 중 가장 높은 자리를 차지하고 있다. 이 점을 이용해 이들은 놀라운 속임수를 고안해 내었다. 이들은 이 기적을 이렇게 전수할 것이다. **벨기에 식민주의자들의 위계를 결정한 것은 반투인들의 신이다. 따라서 이 결정에 저항하는 반투인은 그 누구든 신의 뜻을 거역하는 신성모독죄를 범하는 것이다.**

마다가스카르인들의 영혼을 대상으로 유사한 관점을 피력한 마노니Octave Mannoni 씨도 주목을 요하는 인물이다.

독자를 현혹하는 그의 글쓰기를 차근차근 따라가 보자. 그가 증명해 보이고자 하는 바는 이것이다. 식민주의는 심리적인 면에 기초하고 있다는 것. 이 세상에는 알 수 없는 이유로 소위 종속 콤플렉스라는 고질을 앓고 있는 일군의 집단이 있는데, 이 집단이 바로 심리학적으로 종속적이라는 것. 고로 종속을 필요로 하고, 종속을 갈구하며, 종속을 요구하고, 종속을 추구한다는 것. 식민지인 대부분이 바로 그렇다는 것. 그중 특히 마다가스카르인의 정도가 심하다는 것이다.

망할 놈의 인종차별주의! 지긋지긋한 식민주의! 인종차별주의자들과 식민주의자들에게 원시성은 그야말로 무지막지한 탄압의 대상이다. 마노니 씨의 정신분석은 다소 나은 편이다. 실존주의와 결합한 정신분석은 놀라운 성과를 내기도 했다. 가장 현실적인 진부함이 새로움의 기반이 되기도 하고, 가장 터무니없는 편견이 합리적인 설명 과정을 통해 정당화되기도 했다. 마치 마술에서처럼 노란 달이 초록색 치즈로 변하기도 했다.

그러나 그의 말을 들어보라.

그대는 그대의 아버지, 어머니를 떠날지어다라는 계명을 필생의 의무로 여기는 것이 서양인들이다. 이 의무가 마다가스카르인들에게는 불가사의할 것이다. 성장을 하는 과정 중 어느 시점에 이르게 되면 모든 유럽인들은 아버지와의 종속관계를 청산하고 그와 동등해지고 싶어 하는 욕망을 품게 된다. …… 그러나 마다가스카르인들은 결코 그렇지 않다. 그들에게는 감히 부권에 도전해 보는 경험, 즉 '남자다운 저항'의 계기가 없다. 혹은 아들러Alfred Adler적인 열등감을 극복해 보려는 의지가 없다. 일종의 문명화된 형태의 성인식으로서 남성성을 취득하기 위해 누구나 반드시 거쳐 가야만 하는 그런 시련의 단계 말이다. 유럽인들은 누구나 이 과정을 거친다.

미묘한 어휘나 신조어 때문에 놀란 척할 필요는 없다. 지겹게 들어온 말이 있으므로. "흑인들은 모두 커다란 어린애다." 백인들은 이 말을 가져다 제 마음대로 분탕질을 하고 제 마음대로 곡해했다. 그 결과가 마ㄴ니다. 다시 한번 마음을 굳게 먹자. 처음 여행을 시작할 때는 다소 어려워 보이지만, 일단 끝내고 보면 알 것이다. 애초에 쌌던 짐도 무사하고, 사라진 것은 아무것도 없음을 말이다. 하물며 **그 유명한 백인들의 짐**일 경우라면. 그러므로 들어 보라!

백인들은 자신들에게만 예비된 이 시련의 단계를 거치면서 자신이 버림받았다는 유아적 공포감을 극복하고 자유와 자율권을 누린다. 자유와 자율권은 백인들이 지닌 가장 소중한 자산이자 동시에 짐이다.

마다가스카르인들은 어떠냐고 당신들은 물을 것이다. 키플링 Rudyard Kipling 같으면 타고나길 노예로 타고난 인종이라고 말할 것이다. 마노니 씨의 분석은 이렇다.

마다가스카르인들에게는 그 흔한 버림을 받았다는 공포감이 없다. 개인적 자율권이나 자유에 따르는 책임에도 관심이 없다(보시다시피 흑인들은 자유가 무엇인지도 모른다. 그것을 원하지도, 요구하지도 않는다. 자유라는 관념을 흑인들의 머릿속에 집어넣어 사태를 복잡하게 만든 자는 바로 백인이다. 자유를 그자들에게 건네어 보라. 그자들은 그것을 가지고 어찌할 바를 모를 것이다).

마노니 씨에게 다음과 같은 반론을 제기해 보라. 마다가스카르인들은 프랑스인들의 지배에 저항해 1947년 가장 근자에 벌어진 일까지 포함해 여러 차례 봉기를 일으키지 않았느냐고. 그러면 마노니는 자신의 입장을 고수하며 이렇게 대답할 것이다. 그 봉기는 신경증적 행위, 집단적 광기 그리고 무분별한 폭력에 불과하다고. 그리고 이 경우 마다가스카르인들이 일으킨 봉기는 공포를 극복하기 위한 목적으로 수행되었다기보다는 '가상의 안전'을 추구할 목적으로 수행되었던 것일 뿐이라고.

이 말은 마다가스카르인들이 불만의 대상으로 삼고 있는 억압이 가상의 억압에 불과함을 의미한다. 너무나 자명하고 분명한 가상의 억압이라! 이쯤 되면 혹자는 원주민들의 그 야만적인 배덕행위를 역으로 비난하고 나서기도 할 것이다. 자신의 상처를 치료해 준 한 백인 선

장의 가옥을 불사른 피지인^{Fijian}의 배은망덕을 들먹거리며 말이다.

지구상에서 가장 평화로운 인구를 절망의 나락으로 내친 식민주의를 비판할라치면, 마노니는 눈에 불을 켜며 이렇게 설명할 것이다. 그 책임은 **식민주의자 백인들의 것이 아니라** 식민지인인 마다가스카르인들의 것이라고. 백인들을 신격화하고 백인들로부터 신에게서나 기대할 만한 것들을 기대한 자들은 다름 아닌 마다가스카르인들이라고. 마다가스카르인들의 신경증을 논한 부분이 다소 거칠지 않느냐고 다시한번 반문해 보라. 어떤 질문이 들어와도 준비된 해답을 가지고 있는 마노니는 이렇게 설득할 것이다. 식민지인들이 떠들어 대는 참상은 대부분 심하게 과장된 것이라고. 그것은 신경증이 만들어 낸 허구일 뿐이라고. 따라서 고문도 허구이고, '고문기술자도 허구'라고. 프랑스 정부가 너그러움을 선사한 경우도 물론 있다. 마다가스카르의 정부 요원들을 체포해 그들의 **희생**을 대가로 건강한 심리학 법칙의 지배를 공공연하게 천명한 후에 말이다.

나는 조금도 과장을 하고 있지 않다 들어 보라 마누니 씨가 한 말이다.

대단히 고전적인 방식으로 마다가스카르인들은 자신들의 성인을 순교자로 그리고 구세주를 희생양으로 전치시켰다. 그들은 이 신들의 보혈을 통해 가상의 죄를 대속하고 싶었던 것이다. 이러한 희생을 대가로 아니, **이러한 희생을 통해서만** 그들은 퇴행을 준비할 수 있었다. 이러한 종속심리학의 특징은 이것이다. 두 명의 주인을 섬길 수 없으므로, 둘 중의 하나는 반드시 **희생되어야** 한다는 것이다. 타나나리브^{Tananarive}

의 식민주의자들은 이러한 번제燔祭의 심리학의 본질을 이해할 수 없었다. 마침내 그들은 희생양을 요구하고 나섰다. 식민지 총독의 집무실을 포위한 그들은 몇몇 선량한 자들의 피만 내주면 "모든 이들이 만족할 것이라고 말했다." 인간적 관점에서 볼 때 **대단히 유치하기 짝이 없는 이러한 행동은 상위의 문명인들에게는 보이지 않는 정서적 혼란에서 기인한다.**

이것은 분명 피에 굶주린 식민주의자들의 원죄를 사면시켜 주기 위한 첫 단계에 불과하다. 마노니 씨의 '심리학' 역시 구루 씨의 지리학이나 템플 목사의 선교 신학처럼 '보편타당'하다느니 '객관적'이라느니 따위의 수사를 동원하고 있다.

놀라운 점은 이들 모두가 가장 부르주아적인 방법으로 가장 인간적인 문제를 너무도 안이하게 개념화시키고 있다는 것이다. 그것도 중심이 텅 비어 있는 개념을 동원해 말이다. 마노니에게는 그것이 종속 콤플렉스라는 개념이 되고, 템플 목사에게는 존재론적 관념이라는 개념이 되며, 구루에게는 '열대'라는 개념이 된다. 과연 이러한 개념들을 가지고 인도차이나 은행의 문제를 설명할 수 있을까? 마다가스카르의 은행은 어떤가? 그 살벌한 채찍은? 세금 문제는? 마다가스카르인들 혹은 베트남인들의 손에 쥐어 준 한 줌의 쌀에 대해서는? 순교자는 어떤가? 살해된 무고한 백성들에 대해서는? 당신들의 금고에 쌓여 가는 피 묻은 돈에 대해서는? 증발해 버렸다고, 사라져 버렸다고, 뒤섞여 버렸다고, 창백해진 이성으로 말미암아 더 이상 식별할 수 없게 되었다고 그저 오리발만 내밀고 말 텐가?

이러한 인간들에게 닥친 한 가지 불행이 있다. 이들 부르주아 주인님들이 갈수록 골치 아픈 논쟁보다는 좀더 직설적이고 무자비한 논쟁을 주도하는 자들의 손을 들어 주고 있다는 것이다. 이브 플로렌^{Yves} Florenne 씨가 주목을 받고 있는 이유도 그때문이다. 『르 몽드』지에 실린 그의 매력을 보라. 놀랄 필요 없다. 효율성이나 기대효과 측면에서 이미 충분히 제고되고 검증된 것이므로. 여기 한 인종차별주의가 있다. 아직 강렬하게 만개하지는 않았지만 대단히 전도양양한 프랑스의 인종차별주의가 그것이다. 그의 발언을 직접 들어 보자.

자신이 가르치는 학생들 중 두 명의 혼혈 여학생을 생각하며 반론을 제기해 준 한 독자(플로렌의 조야한 논리를 과감하게 반박한 한 선생님)는 **점점 더 다양한 피가 프랑스인의 혈통 속으로 수혈되는 것에 대해 대단한 자부심을 내비치고 계십니다.** 그러나 만약 그 선생님의 기대와 반대로 프랑스인의 피가 흑인종들(황인종들 혹은 홍인종들도 별반 다를 게 없습니다)의 혈통 속으로 흘러들어 가 그 순수성이 희박해지고 종국에 사라지게 된다 해도 같은 반응을 보이실지 궁금합니다.

명확한 사실은 플로렌 씨에게 프랑스란 나라의 기초는 피라는 점이다. 다시 말해 그의 국가론은 생물학적이라는 것이다. "한 나라의 국민과 그 국민이나 국가의 특수성은 수천 년간 내려온 긴장과 이완의 균형감에서 비롯한다. 이런 균형감을 교란하는 것 중 가장 위협적인 것이 지난 삼십 년 동안 이어져 내려온 이방인 피의 집단 수혈이다."
단도직입적으로 말해 인종 간 결합은 물리쳐야 할 적이라는 것이다. 더 이상의 사회 위기는 없다고 한다! 더 이상의 경제 위기도 없다고 한다! 이제 남은 것은 인종 간 위기뿐이라고 한다! 이 점에 관한 한 물론, 인본주의는 잃은 게 없다(우리 모두 서구화된 세계에 살고 있으므로). 그럼에도 불구하고 서로를 이해하려는 노력은 중요하다.

"프랑스는 인간의 우주 속으로 자신만의 혈통과 정신을 놓아 버리는 방법을 통해서가 아니라 역으로 그것들을 고수하는 방법을 통해서 범지구화될 수 있다." 히틀러의 몰각 후 오 년 만에 프랑스의 부르주아들이 내린 결론이다. 바로 이 속에 무서운 역사의 심판이 도사리고 있다. 마치 악마의 힘에라도 끌려가는 듯, 히틀러의 토사물을 다시 씹는 저주가 내린 것이다.

결국 플로렌 씨는 '땅의 드라마'라고 불리는 전원소설과 악마의 눈에 관한 소설을 끄적거리기 시작했고, 마녀 이야기에 등장하는 촌스런 등장인물의 눈보다 더 사악한 눈의 소유자인 히틀러는 외친다.

"국민국가의 최상의 목표는 인종을 구성하는 원초적 요소들을 바탕으로 한 문화적 확장을 통해 보다 우수한 인류의 아름다움과 존엄성을 창조해 내는 것이다."

플로렌 씨는 자신이 이 신념의 직접적인 후계자임을 안다.

따라서 그는 결코 당혹스러워하지 않는다.

좋다. 그건 그의 권리이므로.

이걸 두고 분루를 삼켜야 할 권리가 우리에게는 없으므로.

결국 우리도 하나의 정언명령을 마주하게 된다. 그리고 단호하게 외칠 수밖에 없게 된다. 부르주아는 날마다 교활해지고, 나날이 드러내 놓고 악랄해지며, 인면수심의 주인공들이 되어 갈 뿐만 아니라, 단순한 야만인이 되어 가는 불운한 운명을 타고났다고. 동시에 이 부패한 계급은 무자비한 법을 앞세워 더러운 역사의 물줄기를 아낌없이 받아 내는 물동이가 되어 가고 있다고. 어떤 계급이든 사라지기 전에는 철저한 능욕과 수모를 당하다가 결국 똥 더미 속에 머리를 처박고 아름다운 노래를 부르는 신세로 전락하게 된다. 마치 사멸해 가는 사회가 백조의 노래를 부르듯.

*

자료를 보면 진정 압권이다.

　정력을 조금만 사용해도 각혈을 하고 이곳저곳 죽음을 흘리고 다니는 짐승! 대다수의 선각자들에게 초기 자본주의 사회는 바로 이 모습을 띠고 있었다.

　빈혈을 앓기 시작한 후, 그 짐승은 머리가 빠지기 시작했다. 결국 칩거는 필연의 수순이었다. 그런 와중에도 가학성으로 무장한 사나움만은 간직하고 있었다. 이 일이 히틀러 때문이라고 비난하기는 쉽다. 로젠베르크 때문이라고 비난하기도 쉽다. 아니 융게 Traudl Junge 혹은 그 무리 그리고 나치의 친위대 때문이라고 비난하기도 어렵지 않다.

　그러나 이건 어떤가? "이 세상의 모든 것은 범죄의 냄새를 풍긴다. 신문도, 벽도, 인간의 자비까지도." 히틀러가 태어나기 전에 보들레르가 남긴 말이다.

　죄악의 근원이 보다 심오함을 일컫는 말이다.

　그리고 로트레아몽 백작이라 불린 이시도르 뒤카스[9]는 어떤가?

이와 관련해 『말도로르의 노래』를 둘러싸고 벌어진 스캔들을 곱씹어 보는 것도 나쁘지 않으리라.

악마적이라고? 문학적 유성이라고? 병적인 상상력과 착란 증세의 산물이라고? 계속해 보시라! 얼마나 편리한가! 진실은 이것이다. 로트레아몽은 자본주의 사회가 주조해 낸 강철 인간을 찾고 있었다는 것. 그의 영웅인 **짐승**, 일상의 짐승을 감지하기 위해서 말이다.

발자크의 핍진함을 부인하는 사람은 없다.

그러나 잠깐만! 보트랭[10)]을 보자. 열대에서 그를 끄집어내어 대천사의 날개를 달아 줘 보자. 말라리아의 떨림병도 줘 줘 보자. 그리고 우루과이의 흡혈귀들 및 식인 개미들과 파리의 거리를 걷게 해보자. 영락없는 말도로르이다. 무대는 바뀌었지만 세상은 변함이 없다. 인간도 변함이 없다. 고집불통에다 까다롭고, 뻔뻔하며, '다른 인간의 살'을 좋아하는 인간!

또다시 본론에서 벗어나 보자. 나는 믿는다. 모든 자료가 수집이 되고, 최종분석이 마무리되어 작품의 배경이 밝혀지는 날, 『말도로르의 노래』에 역사유물론적 해석이 가해지는 날이 올 것임을 말이다. 그리하여 1865년 날카로운 눈으로 당대의 특수한 상황을 비판하던 이 광

---

9) 이시도르 뒤카스(Isidore Lucien Ducasse)는 로트레아몽 백작(Comte de Lautréamont)이라는 필명을 가진 시인으로 초현실주의적인 기법을 사용해 『말도로르의 노래』(*Chants de Maldoror*)라는 서사시를 남겼다. 말도로르는 악마적인 주인공으로서 신과 세계에 저항하는 인물이다. 이 작품은 다양한 에피소드로 엮여 있는데, 신비하고, 서정적이며, 그로테스크한 분위기로 가득 차 있다. ─옮긴이

10) 보트랭은 『고리오 영감』(*Le Père Goriot*)을 비롯해 『인간희극』(*La Comédie humaine*) 등 발자크의 여러 소설에 나오는 주인공이다. 과거에 장사를 하던 보트랭은 부패하고 독선적인 성격의 소유자로 돈밖에 모르는 자본주의적 인간이다. ─옮긴이

기 서린 서사시의 온전한 면모가 밝혀질 것임을 말이다.

물론 그 전에 우리는 이러한 작업을 모호하게 하는 주술적이고 형이상학적인 해석들을 경계해야 한다. 몇몇 방치된 단락들의 의미도 재추적해야 한다. 가장 이상한 단락은 바로 이것이다. 작품에 보면 벼룩이 들끓는 광산이 나오는데, 이는 사악한 금권金權과 축재에 대한 비판임에 동의하기 어렵지 않을 것이다. 다양한 에피소드의 자리도 의미에 맞게 재배치하여 그것이 무엇을 뜻하는지, 다시 말해 사회적으로 어떤 함의를 지니는지를 명쾌하게 파악해야 한다. 가령 특권층은 널찍이 자리를 잡고 앉아 서로 가까이 붙어 앉기를 거부하는데, 이는 새로 오는 사람들로 하여금 그 사이에 자리를 잡게 하기 위한 배려에서 비롯한다. 이런 것이 어떤 사회적 의미를 띠는지도 고민해야 한다. 지나가는 길에 한 가지만 더 확인하자. 무심히 버려진 아이를 환대해 준 사람들은 누구인가? 민중이다. 넝마주이로 대변된 민중 말이다. 보들레르의 넝마주이를 보자.

거미 같은 그의 천적, 경찰들의 시선에도 아랑곳 않고
그는 엄청난 음모 속으로 심장을 길어 올린다.
그는 맹서를 하고 고귀한 법조항을 받아쓰며
악습을 버리고 피해자의 명분을 쌓는다.[11]

자, 이제 이해가 갈 것이다. 로트레아몽이 창조한 적이 왜 **적**인지를.

---

11) 『악의 꽃』(*Les Fleurs du mal*)에 나오는 한 구절.──옮긴이

인육을 먹고 뇌를 통째로 삼키는 '창조주', '인간의 분비물과 황금을 섞어 만든 보좌' 위에 주리를 틀고 앉아 있는 폭군, 위선자, 쾌락주의자, '다른 사람의 빵을 훔쳐 먹는' 게으름뱅이, '하룻밤 사이 세 통의 피를 빨아먹는 빈대처럼' 때때로 술에 만취하는 주정뱅이, 이들이 왜 적인지를. 또한 이해가 갈 것이다. 이러한 창조주를 찾기 위해 구름 너머를 볼 필요가 없다는 것을. 데포세의 거래처 전화번호부나 이사회 명부에서 훨씬 쉽게 찾을 수 있음을.

그러나 그냥 그렇게 내버려 두자.

도덕군자들은 이런 일을 할 수 없으므로.

싫든 좋든 부르주아는 한 계급으로서 역사의 모든 야만, 중세의 마녀재판에 버금가는 혹독한 고문, 호전성과 국가이성에 기반한 인종차별주의와 노예제도에 책임이 있다. 다시 말해 그들이 인류의 진보를 담보하는 화신인 양 공세를 펴면서 온갖 미사여구를 동원해 쏟아 냈던 말들에 대해 책임을 져야 할 의무가 있다.

도덕군자들은 물론 이런 일을 할 수 없다. **절진적 비인간화**라는 법칙이 있다. 부르주아의 정언명령 중 그에 어울리는 것으로서 폭력, 부패 그리고 야만이 있다. 증오, 거짓, 부정도 있다.

이번에는 로제 카유아Roger Caillois 씨에 대해 이야기해 보자.

카유아 씨는 아주 어린 시절부터 무주공산의 세계에 엄격한 사유와 근엄한 스타일을 부여하는 교육을 받아 왔다. 그리하여 그는 마침내 엄청난 분노를 직면하기에 이르렀다.

왜냐고?[12]

그가 그토록 신봉해 마지않던 서구의 민속학이 서구의 책임감을 발전시키기는커녕 최근의 온갖 이론을 동원해 별스런 타자의 문명보다 소위 서양의 문명이 우월하다는 입장을 포기해야만 하는 처지에 놓이게 되었기 때문이다.

마침내 카유아는 칼을 빼들었다. 유럽의 장점은 이토록 중요한 순간에 이처럼 영웅적인 인간을 양산해 낼 수 있다는 데 있다. 우리의 입장에서 보면 1927년 경 서양을 수호하기 위해 순교를 자청했던 카유아 같은 인물을 기억하지 못한다면 용서받을 수 없는 일이다.

나는 그 성스런 명분을 지키기 위해 자신의 펜을 톨레도의 보검으로 바꾸기를 마다하지 않은 카유아에게 보다 나은 운명이 있을 수 있지 않았나 생각한다.

마시Henri Massis 씨가 한 말을 상기해 보자. 그는 "서양 문명의 운명,

---

12) 카유아 씨가 막 순교를 시도하려던 무렵, 정부의 지도를 받던 벨기에의 한 식민주의 기관지 (『유럽과 아프리카』Europe-Afrique no. 6, 1955. 1월호)는 카유아 씨의 논의를 이어받아 당대의 민속학을 비판하기 시작했다. "과거의 식민주의자들에게 식민종주국인과 식민지인의 관계는 문명인과 야만인의 관계에 다름 아니었다. 따라서 식민주의는 위계에 기초해 있었고, 이는 자명한 진실이었다." 피롱(Henri Piron) 씨로 추정되는 이 글의 저자가 민속학을 파괴의 학문으로 규정하고 있는 이유 역시 위에 말한 위계적인 질서와 깊은 연관을 맺는다. 카유아 씨처럼 그 또한 미셸 레리스(Michel Leiris)와 레비-스트로스를 비난한다. 그는 미셸 레리스가 『현대과학이 낳은 인종문제』(La Question raciale devant la science moderne)에 쓴 글을 문제 삼는다. "문화를 위계화하는 행위는 어리석은 짓이다." 레비-스트로스에 대해서는 그가 "사이비 진화론"을 비판했다는 이유로 역비판한다. 레비-스트로스는 말한다. "(사이비 진화론은) 문화의 다양성을 억압하여 마치 그것이 하나의 줄기에서 갈라져 나와 하나의 목적을 지향하는 양 호도한다." 엘리아데도 다음과 같이 쓴 적이 있다. "이제 더 이상 유럽인들 앞에는 원주민이란 게 없다. 대화 상대자가 있을 뿐이다. 따라서 이제 중요한 것은 어떻게 대화를 시작하는가이다. 또 한 가지 알아 두어야 할 것은 소위 원시적 혹은 후진적이라는 세계와 현대의 서양 세계 사이에는 끊을 수 없는 연속성이 존재한다는 사실이다." 끝으로 미국의 컬럼비아 대학에서 심리학을 가르치던 오토 클라인버그(Otto Klineberg) 교수는 평등주의를 주창하면서 이렇게 말했다. "타자의 문화를 내 것보다 열등하다고 믿는 것은 근본적인 오류이다. 문제는 차이이다." 아무튼 카유아에게는 좋은 동지가 있었던 셈이다.

곧 인간의 운명"이 위협받고 있음을 개탄했다. 그 위협은 "우리의 노고 및 문화적 정언명령에 대한 도전에서부터 우리가 소유하고 있는 가장 본질적인 부분에 대한 의심에 이르기까지" 실로 전방위적이다. 그는 이러한 '파괴적 예단'에 대한 전쟁을 선포했다.

카유아는 적을 무차별적으로 생산해 낸다. 이것이 바로 '유럽 지식인들'의 초상이다. 지난 오십 년 동안 이어진 "갑작스런 좌절과 통탄으로 말미암아 자신들 문화의 다양한 이상적 가치를 가차 없이 내버리고" 그 대가로 유럽의 묵묵한 쇠락을 감수해 왔던 지식인들 말이다. 바로 이 쇠락과 근심이 카유아가 종지부를 찍고 싶어 하던 대상이다.

실로 영국의 빅토리아 시대 이후 그 어떤 인간도 이토록 의심의 구름 한 점 없는 정제된 의식을 가지고 역사를 대면한 적이 없었다.

그에게 교의가 있다면 바로 단순함의 미덕이다.

과학을 발명한 것은 서양이라는 것. 서양만이 사고하는 법을 알고 있다는 것. 서양의 변두리에서 원시적 사고라는 음습한 영역이 시작되었다는 것. 원시적 사고는 참여라는 개념에 압도되어 있는 논리도 없는 불완전한 사고의 전형이라는 것.

이쯤 되면 떠오르는 이름이 있을 것이다. 카유아 씨에게 떠오른 것은 레비-브륄Lucien Lévy-Brühl이 창제한 그 유명한 참여의 법칙이 바로 레비-브륄 그 자신에 의해 반박되었다는 사실이다. 레비-브륄은 말년에 "논리적인 차원에서 원시인들의 정신적 특수성을 밝히려 했던 일"이 부질없는 짓이었음을 만천하에 고백한 바 있다. 대신 그는 "이들의 정신은 논리적인 관점에서 본다면 우리와 전혀 다르지 않다. 그러므로 이들이 우리처럼 형식적 모순을 못 견뎌 하는 것은 당연하다. 동시에

우리와 마찬가지로 일종의 정신적 반성을 통해 논리적으로 성립 불가
능한 것을 거부하는 것 역시 당연하다"고 말하기에 이른다.

공연히 시간 낭비하지 말자. 카유아는 레비-브륄의 변신을 인정하
지 않았다. 그에게 진정한 레비-브륄은 원시인들의 이야기가 신빙성
이 없다고 말할 때뿐이다.

물론 위의 교의에 반하는 몇 가지 사실이 있다. 대수학과 기하학이
이집트인들에 의해 발명되었다는 사실. 천문학이 아시리아인에 의해
발견되었다는 사실. 화학이 아랍인들에 의해 탄생되었다는 사실. 서양
의 사상이 논리 이전의 잣대를 들이밀 때, 이미 이슬람교 속에는 합리
주의가 싹트고 있었다는 사실 등이 그것이다. 카유아는 그러나 이 사
실들을 접수하지 않는다. "전체와 어울리지 않는 발견"이란 그저 무시
해도 좋은 부분일 뿐이라는 원칙을 견지하면서 말이다.

이렇게 그럴듯한 출발을 한 이상, 중간에서 멈출 카유아가 아니다.
과학의 성과는 독차지했으므로, 그는 이번에는 윤리의 문제를 걸고 넘
어진다.

생각해 보라! 언제 카유아가 사람을 잡아먹은 적이 있는가? 그는
꿈에도 환자를 안락사시키는 생각을 해보지 않았을 것이다. 나이 드신
부모님의 생명을 단축하는 생각도 해보지 않았을 것이다. 그런데 이런
것을 가지고 그는 서양의 우월성을 운운한다.

"인간은 늙고 병들었더라도 충분히 대접받을 권리가 있다. 이것이
정상인의 사유이다. 이것이 삶의 원칙이다."

이제 내릴 결론은 뻔하다. 식인종들, 천방지축의 인간들, 열등한 인
종들과 비교해 볼 때, 유럽인들, 즉 서양인들은 인간의 위엄을 존중할

줄 아는 사람들이다.

과연 그런가? 알제리나 모로코 그리고 기타 등등의 지역에 대해서는 괘념치 말자. 서양의 용감무쌍한 아들들이 어두컴컴한 지하 골방에서 그토록 지칠 줄 모르는 집중력을 가지고 아프리카의 형제들을 두들겨 패던 그곳. 인간의 위엄에 대한 존중이 '전기고문', '물고문' 그리고 '병목' 등의 기술적인 용어로 둔갑을 하던 그곳.

카유아는 서양의 탁월한 성취들을 끊임없이 나열했다. 과학적·도덕적 우월성 외에도 종교적 우월성까지 거들먹거리며.

카유아는 이름뿐인 오리엔트의 영화에 주눅 들지 않으려고 무진 애를 쓴다. 신들의 어머니인 아시아라는 이름의 권위에 말이다. 한편 다양한 제식들의 연인인 유럽이라는 이름에도. 보라. 얼마나 놀라운 일인가! 한편으로는 유럽의 외부에서 성행한 "우스꽝스런 가면무도회"와 집단적 광기, 타락한 술판, 순수한 정기의 원초적 발산 등을 연상시키는 부두교식 제식과 다른 한편으로는 유럽의 내부에서 발흥한 소위 유럽만의 가치라고 불리는 것 사이의 친연성을. 이미 샤토브리앙이 『기독교의 기원』 *Genie du christianisme*이라는 책에서 그토록 찬미해 마지않았던 유럽만의 가치라는 것 말이다. "가톨릭의 교리와 신비, 예배의식, 조각상의 상징 그리고 찬미가의 영광" 등의 가치 말이다.

끝으로 자위의 명분을 들춰 보자.

고비노 Arthur de Gobineau는 말한다. "백인의 역사만이 유일한 역사"라고. 카유아는 화답한다. "백인의 인류학만이 유일한 인류학"이라고. 타자의 민속학을 연구한 것은 서양뿐이라고, 서양의 민속학을 연구한 인종은 아무도 없다고.

참으로 위대한 자위의 명분이다.

카유아는 유럽의 박물관에 대해서도 자부심이 이만저만이 아니다. 단 일 초도 이런 생각은 해보지 않은 채 말이다. 여러 가지 입장을 고려해 보건대, 그까짓 박물관이 없었더라면 차라리 더 낫지 않았을까라는 생각 말이다. 유럽이 비유럽의 문명을 곁에 두고 인내할 수 있었다면, 그리고 그 문명이 생동감 넘치고 전도양양한 것인 동시에 변종화되지 않고 통일적인 것으로 전화될 수 있도록 내버려 두었다면 더 좋지 않았을까라는 생각 말이다. 뿐만 아니라 그 문명으로 하여금 서양의 호감을 사기 위해 다 죽어 나자빠진 자신들의 일부를 상납하게 하기보다 스스로를 계발하고 완성시켜 나가도록 기회를 주었다면 더 나은 결과가 나오지 않았을까라는 생각 말이다. 아무튼 박물관은 그 자체로는 아무 의미가 없다. 자위에 눈이 멀고, 타자에 대한 은밀한 경멸이 마음을 시들게 하며, 인정을 하건 하지 않건 인종차별주의가 동정심을 메마르게 하는 한, 박물관은 아무 의미도 없고 동시에 아무 의미도 전달할 수 없다. 허영의 기쁨을 살찌우는 것이 유일한 목적인 한, 박물관은 다시 아무것도 의미하지 않는다. 결국 이슬람과 싸웠지만 이슬람을 인정한 생 루이Saint Louis의 정직한 동시대인들은 (비록 타자에 대한 얄팍한 민족지적 지식을 가지고 있었지만) 타자를 배우기를 거부한 우리들의 동시대인들보다 지혜를 깨우칠 더 좋은 기회를 잡고 있었는지도 모른다.

지식의 규모면에서 보더라도 이 세상의 모든 박물관을 합한 것이 한 사람이 다른 한 사람을 이해하고 공감하는 것만 못하다는 사실은 자명하다.

그렇다면 결론은 무엇인가?

공정해지자는 것이다. 카유아는 그래도 온건한 편이다.

전방위적으로 서양의 우월성을 두둔하고 그에 따라 전반적인 위계를 재규정해야 한다고 주장하긴 했지만, 그렇다고 누군가를 절멸시켜야 한다고 주장한 적은 없기 때문이다. 그는 또한 흑인은 고문을 당해야 하고, 유대인은 생화장을 당해야 한다고 주장하지도 않았다. 다만 한 가지가 있다. 흑인과 유대인과 호주 원주민이 구제를 받아야 하는 것은 그들 각각이 지닌 인간적인 특장 때문이 아니라 카유아 자신의 관대함 때문이라든가 혹은 단순히 찰나적인 진실을 전달할 뿐인 과학의 지배 때문이 아니라 절대적이고 영원한 카유아 자신의 인간적 양심 때문이라고 운운한 대목은 문제를 삼아 마땅하다. 더 나아가 그는 유럽인의 관용이 무조건적이고 당위적인 것은 그 자신의 책임감 때문이라고도 발언한 바 있다.

아마도 언젠가는 과학이 인류애를 향해 가는 길목을 막아 선 후진적인 문화와 그 문화의 담지자인 지지부진한 인간들의 시체를 청수해야 한다고 천명하는 날이 올 것이다. 그러나 우리는 때가 이르면 카유아의 양심이 투명한 양심이 되는 것에 머무르지 않고 고결한 양심으로 전환될 것임을 믿으며, 종국에는 살인자들의 손목을 붙들고 이들을 살려 주시오라고 외칠 것임을 의심치 않는다.

아래의 달콤한 문장들이 이를 입증한다.

내게 동등한 인종과 인간과 문화란 법이 말하는 동등함이라는 차원에서만 가능하다. 실제적인 차원에서의 동등함이란 가능하지 않다. 그 말은 눈이 멀었거나, 손발이 잘렸거나, 병들었거나, 마음이 약하거나, 무식하거나, 가난한 자들(비서구인들을 함축하는 말로 얼마나 적당한가!)은 튼튼하고, 시각이 명료하고, 총체적이고, 건강하고, 지적이며, 교양 있고, 부유한 사람과 결코 동등해질 수 없음을 의미한다. 보다 탁월한 능력을 가진 후자들에게는 당연히 권리보다는 더 많은 의무가 따른다. 마찬가지로 생물학적인 이유에서든 혹은 역사적인 이유에서든 다양한 문명 간에는 수준 차원에서나, 힘 차원에서나 혹은 가치 차원에서 분명한 차이가 존재한다. 이 차이로 말미암아 불평등이 연유하는 것이다. 그러나 이 차이가 인종차별주의자들이 주장하는 바와는 다르게 소위 우등한 인종들에게 유리한 권리의 불평등을 합리화하는 것은 아니다. 다만 이들에게 추가적인 의무와 점증하는 책임감을 부여할 뿐이다.

추가적인 의무라? 그게 뭘까? 세상을 지배하는 의무가 아니라면?
점증하는 책임감이라? 이건 또 뭘까? 세계에 대한 근거 없는 책임 감이 아니라면?
다시 한번 카유아는 아틀라스처럼 적선하듯이 먼지 날리는 땅을 두 발로 꼿꼿하게 버티고 서서 그의 튼튼한 어깨 너머로 천형天刑 같은 백인의 짐을 들쳐 멘다.
카유아 씨에 관한 이야기를 이 정도의 수위에서밖에 언급할 수 없음을 독자 제현들께 사죄드린다. 그것은 내가 그의 '철학' 속에 내재된 어떤 가치에 일정 정도 함몰되어 그를 과대평가하고 있기 때문은 결코 아니다. 독자들은 알 것이다. 아무리 엄격한 논리에 기대고 있는 사상 가라 할지라도 그의 논리가 일말의 편견과 뻔한 주장에 쉽게 굴복하는 한, 그의 입장을 보다 냉철하게 판단할 필요가 있다는 것을 말이다. 물론 그들의 관점은 특별한 집중을 요한다. 항용 중요한 의미를 담고 있기 때문이다.

뭐가 중요하냐고?

그들의 관점 속에 수천, 수만의 유럽인들의 정신 상태가 들어 있다는 점이 중요하다. 아니 정확하게 말해 수많은 유럽 소시민들의 정신 상태가 들어 있다는 점이 중요하다.

또 뭐가 중요하냐고?

이것이다. 서양은 그 말을 수도 없이 뱉어 냈지만, 단 한 차례도 진정한 인본주의를 실현한 적이 없었다. 세상을 척도할 인본주의란 말을 말이다.

과거 부르주아가 발명하여 현재 전 세계적으로 쓰이고 있는 가치 중의 하나가 바로 **인간**이다. 우리는 그 가치가 어떻게 사용되어 왔는지를 똑똑히 목격했다. 또 다른 가치가 있다. **국가**라는 가치이다.

국가가 부르주아의 산물임은 부정할 수 없는 사실이다.

그렇다. 그러나 나는 **인간**으로부터 **국가**로 관심을 옮길 때마다 역시 하나의 커다란 위험이 상존하고 있음을 느낀다. 식민주의적 기업과 현대의 관계는 로마 제국이 한때 고대와 맺었던 관계와 동일하다. **재앙**의 전주곡이자 **파국**의 전조로서의 형식도 동일하다. 자, 마침내 인도인들은 학살을 당했고, 이슬람교도들은 착취를 당했으며, 중국인들은 끔찍한 수모를 당해야만 했다. 소위 그 영광의 세기에 말이다. 흑인들은 자격미달 선언을 받아야 했고, 힘 센 목소리들만이 세계를 평정했다. 고향은 풍비박산이 났고, 철저히 버려지고 파편화된 인류애는 아무도 알아들을 수 없는 독백이 되고 말았다. 이만했으면 이젠 대가를 치러야 하지 않겠는가? 진실을 말하자면 이런 행위는 **결국 유럽 자신의 파국으로 귀결될 수밖에 없다.** 다시 말해 이제 유럽은 주위를 살피지 않을 경우, 그 자신이 창조한 허방 속으로 영원히 추락하게 될 것이다.

그들은 항변한다. 그들은 그저 인도인들, 힌두교도들, 남태평양의 섬사람들 그리고 아프리카인들만을 참살했을 뿐이라고. 그러나 실상 그들은 이 사람들의 방어선을 하나하나 전복해 나갔다. 그 뒤에서 유럽 문명은 자유롭게 꽃필 수 있었다.

나는 잘 안다. 하나의 역사가 그와 다른 역사와 나란히 병렬적으로 나아간다는 것이 얼마나 어려운 일인지를 말이다. 그럼에도 불구하고 나는 에드가르 키네^{Edgar Quinet}가 남긴 생각해 볼 만한 가치가 있는 의미 있는 한 구절을 인용해 보고자 한다.

바로 이것이다.

사람들은 야만성이 왜 하필 고대에 그렇게 갑작스레 나타났는지를 묻곤 한다. 나는 그 해답을 알 것 같다. 원인이 그렇게 단순한 데도 사람들이 눈치 채고 있지 못한 것은 참 의아한 일이다. 고대의 문명 체계는 특정한 몇몇 국가 집단으로 구성되어 있다. 그 집단은 서로 원수 간이라도 혹은 서로가 서로를 잘 모르는 사이라 할지라도, 서로를 보호해 주고 지지해 주는 공생관계이다. 당시 팽창일로에 있던 로마 제국이 이 국가 집단들을 정벌하여 서로 분리시켜 놓자, 어떤 소피스트들은 황홀경에 빠져 이 정벌의 끝자락이 로마에서의 인간성의 승리로 이어질 것이라고 생각했다. 바야흐로 그들은 인간 정신의 통일을 운운하게 된 것이다. 그러나 그것은 꿈이었다. 결과는 이들 국가 집단들이 로마를 방어하는 수단으로 전락하고 말았기 때문이다. 따라서 로마가 하나의 독단적인 문명 창달을 위해 승리의 전진을 계속해 가는 동안, 카르타고와 이집트, 그리스, 유대, 페르시아 및 다키아인들 그리고 알프스 남북의 갈리아족들은 절멸을 당했다. 그것은 로마가 인간의 홍수 속에 빠져 죽지 않도록 자신을 방어해 줄 둑방을 스스로 폐기해 버렸음을 의미한다. 위대한 시저는 두 부류의 갈리아족들을 물리치고, 그 위에 튜턴족을 위한 길을 깔았다. 수많은 사회와 수많은 언어가 익사했다. 수많은 도시와 권리와 집들이 절멸되었다. 이것이 로마의 황폐화를 초래했다. 마침내 야만인들의 침입을 받아 본 적이 없는 땅, 로마는 안으로부터 야만의 소굴이 되어 버렸다. 피정복민인 갈리아족들은 바가우다이인 Bagaudes들로 바뀌어 갔다. 이처럼 급작스런 몰락과 각 개별 도시들의 호전적인 파괴는 고대 문명의 파괴로 이어졌다. 대리석이나 반석斑石과 같은 다양한 인종들로 구성된 기둥들이 떠받들던 문명이 마침내 파괴의 길로 나아가고 말았다.

당대 현자들의 질책을 받으며 이들 다양한 배경의 기둥들은 하나하나 무너져 가다가 급기야 전체의 부조물이 주저앉게 되었다. 그리고 오늘날의 현자들은 어떻게 그 엄청난 문명이 한순간에 무너져 내리게 되었는지를 궁구하는 데 여전히 여념이 없다.

이제 묻겠다. 그 외에 부르주아 유럽이 저지른 일들이 어떤 것인지 아느냐고. 문명을 침해했고, 국가들을 파괴했으며, 민족들을 유린했고, '다양성의 뿌리'를 뽑아 버렸다. 뿐만 아니라 제방도 요새도 모두

허물어 버렸다. 야만의 시간을 손에 쥐게 된 것이다. 현대적 의미의 야만의 시간을. 바로 미국의 시대가 그것이다. 폭력, 과용, 낭비, 상업주의, 속임수, 분파주의, 무식함, 천박함, 무질서의 시대 말이다.

1913년에 페이지 대사는 윌슨 대통령에게 이렇게 썼다. "세계의 미래는 이제 우리 것입니다. 자, 이제 우리는 무엇을 해야 합니까? 바야흐로 세계의 지도력이 우리 손안에 있는 이 시점에 말입니다."

뒤이어 1914년에는 이렇게 썼다.

"자, 이제 우리는 영국이라는 골치 아픈 제국을 당장 어떻게 처리해야 하는지 고민해야 합니다. 당당히 경쟁에서 승리해 의심할 여지없이 경제력이 우리의 손아귀에 들어와 있는 이때에 말입니다."

골치 아픈 제국이라! 그리고 기타 등등이라!

이들 신사의 나라의 국민들이 반제국주의의 깃발을 감연히 펄럭이고 나서는 것이 보이는가?

"권리를 박탈당한 나라를 도웁시다." 트루먼 대통령은 말했다.

"구태의연한 식민주의의 시대는 갔습니다."

이것 역시 트루먼 대통령이 한 말이다.

그러나 이 말은 미국의 고단위 자본이 세계의 식민지를 공격할 시점에 이르렀음을 의미한다. 그러므로 동지들이여! 조심하라!

물론 여러분들 중에는 생각만 해도 치가 떨리고 오역질이 나는 유럽 대신에 미국으로 눈을 돌려 그 나라를 잠재적인 해방군으로 생각하고 있는 사람들도 있을 것이다. 다행히 그 수는 많지 않다.

"신이 보낸 나라"라고 말이다. "불도저처럼 엄청난 자본을 투자해 신작로와 항만을 건설하는 나라!"라고 말이다.

"그러나 미국의 인종차별주의는 어떻게 할 것인가?"

"그게 뭐 어때냐고? 식민지 시절 유럽의 인종차별주의를 이골이 날 정도로 겪어 웬만한 것에는 눈 하나 깜짝하지 않을 정도가 되지 않았냐고?"

이렇게 양키에게 필생의 모험을 거는 사람들이 있다.

그러나 다시 한번 말하건대, 조심하라!

미국의 지배는 영원히 원상을 불가능하게 하는 유일한 지배이므로. 다시 말해 커다란 상처를 남기는 지배이므로.

공장들과 산업에 대해 너무 기대하지 말라. 그 엄청난 공장들이 우리네 산림의 심장을 향해, 우리네 밀림의 심장을 향해 신경질적으로 뱉어 내는 검은 재가 보이지 않는가? 이것들은 노예들을 생산하는 공장들일 뿐이다. 놀라운 기계화에 대해서도 너무 기대하지 말라. 인간의 기계화일 뿐이다. 때 묻지 않은 우리들의 순수처럼 인간의 영혼이 영원히 보존해야 할 친숙하고, 건강하며, 청아한 모든 것을 집어삼키는 무식한 강간 말이다. 기계! 너무 낙관하지 말라. 인간을 파괴하고, 짓찢고, 추락시키는 기계의 모습이 보이지 않는가?

이러한 위험은 상상을 초월하는 것이다.

그러므로 아프리카와 남태평양군도 그리고 남아프리카의 입구에 있는 마다가스카르와 아메리카의 입구에 있는 서인도제도 등 다양한 국가들과 민족들 및 문화들을 인정하는 새로운 정책을 펴지 않는 한, 서유럽은 마지막 기회를 잃게 될 것이다. 또한 사멸해 가는 문화들을 재충전시켜 새롭게 태어날 수 있도록 배려하지 않는 한, 동시에 이러한 기회를 여러 **국가**들과 문명들이 다시 깨어나게 하는 데 사용하지 않는 한(이 말은 현재 베트남뿐만 아니라 아프리카의 민주주의의 회복을 위해 싸우는 많은 아프리카 국가들의 상찬할 만한 투쟁들을 잠시 접어 두고 한 발언임을 유념하기 바란다), 유럽은 스스로를 회복할 마지막 기회를 잃는 것은 물론, 자신의 손으로 자신의 저물어 가는 황혼의 관을 지게 되는 불상사를 연출할 것이다.

이것은 유럽의 구원이 방법론적 혁명의 문제가 아님을 의미한다. 진정한 혁명이 필요한 것이다. 계급 없는 사회가 도래할 때까지 비인간적인 부르주아의 왜소한 독재를 걷어 내고 여전히 지구적인 임무를 가지고 있는 유일한 계급에게 미래를 넘겨 주는 **혁명** 말이다. 왜냐하면 이 계급은 역사상의 모든 오류를 그리고 지구상의 모든 행악을 온몸으로 견디어 낸 계급이기 때문이다. 이름하여 프롤레타리아가 그들이다.

이산자에서 세계의 시민으로

아프리카는 유라시아 다음으로 지구상에서 큰 대륙이다.

국가 수는 총 54개 국이고 인구수는 약 8억 명에 이른다. 여기에 지중해 너머 유럽으로 건너간 아프리카인들과 이집트를 지나 아라비아 반도로, 인도양을 통해 인도·파키스탄 등지의 서아시아로, 인도네시아와 말레이시아로, 그리고 대서양 노예무역을 통해 카리브해 및 중남미는 물론 북미 등 아메리카 전 대륙으로 강제 이주된 아프리카인들의 수를 합하면 그 수는 물경 10억 명을 넘긴다.

현재 전 세계에 흩어져 살고 있는 사람들 중 그 누구보다도 조직적으로 그리고 대대적으로 이산離散의 삶을 살고 있는 사람들은 유대인이 아니다. 아프리카인들이다. 그런 의미에서 기실 이들의 문화는 전 세계적이다. 오늘날 아프리카 지역에 대한 공부가 중요한 이유는 이 때문이다. 아프리카 대륙에 대한 이해뿐만이 아니라 전 세계의 한 중요한 문화적 축선에 대한 자동적인 이해를 수반하기 때문이다.

카리브해의 문화를 아프리카와의 연관 속에서 이해하려는 시도가 중요한 이유도 이 때문이다. 에메 세제르$^{Aimé\ Césaire}$의 예를 통해서 보듯 카리브해 지역의 문화는 문화적·언어적·인종적 다양성에도 불구하고 아프리카적 문맥을 동원하지 않고선 진정한 이해가 불가능하기 때문이다.

아프리카 이산자 문학과 노벨문학상

스웨덴의 한림원은 2003년 노벨문학상 수상 작가로 남아프리카공화국의 존 쿠체$^{John\ Coetzee}$를 선정했다. 이로써 남아공은 1991년 네이딘 고디머$^{Nadine\ Gordimer}$가 첫번째 노벨문학상을 거머쥔 이래 같은 상을 수상한 작가를 둘이나 배출한 문학 강국이 되었다. 아프리카는 이 외에도 1987년 아프리카 작가로는 최초로 노벨문학상을 수상한 나이지리아의 월레 소잉카$^{Wole\ Soyinka}$와 1988년 같은 상을 수상한 이집트의 나기브 마푸즈$^{Naguib\ Mahfouz}$를 합해 지금까지 총 네 명에 이르는 노벨문학상 수상자를 배출하고 있다. 여기에 미국 출신의 흑인 여성 작가로 몇 해 전 노벨문학상을 수상한 토니 모리슨$^{Toni\ Morrison}$과 카리브해 출신으로 오래전 같은 상을 수상한 흑인 시인인 데릭 월컷$^{Derek\ Walcott}$을 더하면 그 수는 무려 여섯 명에 달한다.

아프리카 이산 문화의 역사

아프리카 및 그 이산자 문학이 이러한 눈부신 약진을 보이는 것은 결코 우연이 아니다. 고고학적이고 인류학적인 차원에서 볼 때 아프리카인은 인류의 역사가 시작되기 아주 오래전에 인류 최초로 굽은 허리를 곧추세우고 네 발이 아닌 두 발로 살푸른 사하라의 풀밭을 넘어 아라비아의 대평원으로, 툰드라의 유럽으로, 혹한의 시베리아로, 베링해와 알래스카 사이에 난 육로를 따라 아메리카 대륙으로 걸어 나가 인류 최초의 문명을 일으킨 장본인이기 때문이다.

역사 시대 이래로도 지중해를 중심으로 한 고대 오리엔트 문명, 그리스-로마 문명, 비잔틴 문명, 이슬람 문명, 인더스 문명, 신대륙 문명 등과 부침을 거듭하며 때로는 황금·상아·소금·설탕이라는 이름으로, 또 때로는 지배자 혹은 노예의 신분으로! 또 때로는 예술이라는 이름으로 줄기차게 신선한 피를 수혈해 온 대륙이 바로 아프리카이기 때문이다.

『식민주의에 대한 담론』과 21세기

이처럼 세계문명사에 혁혁한 공헌을 한 아프리카 문명이 오늘날 대단히 왜소한 초상을 가진 위악적인 문명으로 둔갑하게 된 데에는 서구의 근대가 끼친 폐악이 적지 않다. 근대 이후 세계사의 패권을 장악하고 각기 근대국가로의 발돋움을 준비하던 서유럽은 종교적·인종적·문화적으로 동일한 그리스-로마 문명을 각 국민국가의 전범으로 이상화하는 과정에서 아프리카를 비롯한 기타 문명을 의도적으로 타자화하기에 이른다. 세제르에 따르면 이 타자화의 과정에서 가장 커다란 피해를 입은 이들은 "인도인들, 황인종들 그리고 흑인들"이다.

내가 분석해 본 바에 따르면, 위선이란 근래의 산물이다. **신전 정상**에서 멕시코를 발견한 코르테스도, 쿠스코 전의 피사로도, (그리고 **칸발릭** 전의 마르코 폴로도) 자신들이 우월한 질서의 담지자임을 천명한 바 없다. 양민을 학살하고 노략질을 일삼으며 투구와 창과 탐욕으로 무장한 노예제도 지지자들은 그후에 나타났다. 그 원흉은 바로 기독교 정신이다. **기독교는 문명**이고, **이교도는 야만**이라는 부정한 방정식을 성립시킨 기독교. 그때문에 타락한 식민주의자이자 인종차별주의자가 양산될 수밖에 없었고, 그 피해는 고스란히 인도인들, 황인종들 그리고 흑인들에게로 돌아왔다.

그러나 세제르가 보기에 식민주의가 수행한 타자화의 진정한 파괴력은 "복음화, 박애주의 사업, 무지와 질병과 폭군을 물리치고자 하는 욕망, 신의 영광을 위한 기획 그리고 법치를 확장하기 위한 시도"를 가지고 동일자들 혹은 동업자들 사이에 암묵적 합의와 동의로 기획한 정복사업 및 그 과정에서 빚어진 "살육의 예"들이 예기치 않은 비극적 "부메랑 효과"가 되어 돌아온다는 데 있다.

내가 이토록 가증스러운 살육의 예를 몇 가지 든 것은 이것이 내게 병적인 쾌감을 가져다주기 때문이 아니다. 그 이유는 잘린 머리들과 수집된 귀들과 전소된 집들과 고트족의 침략과 피어오르던 피와 칼끝에서 증발하던 도시들, 이 모든 것들이 안이하게 처리될 수 있는 것들이 아니기 때문이다. 이것들은 반복컨대 식민주의가 소위 가장 문명화되었다는 인간마저도 비인간화함을 증거한다. 또한 원주민에 대한 경멸과 그것의 정당화에 기초한 식민지 활동, 식민지 사업 그리고 식민지 정복은 불가피하게 그것을 이행한 사람들조차도 변모시킬 수밖에 없었음을 입증한다. 동시에 자신의 죄의식을 달랠 목적으로 타자를 짐승 바라

보듯 했던 식민주의자들이 종국에는 그 자신이 실제로 타자를 짐승 취급하는 주체가 되었을 뿐만 아니라 급기야는 그 자신도 어느 모로 보나 짐승이 될 수밖에 없었음을 의미한다. 이것은 식민주의의 부메랑 효과로 나타난 결과이다.

약 40여 년 전 "식민주의의 부메랑 효과"로 인해 "자신의 관을 지고 조락凋落의 길"로 접어들던 유럽을 상기하며 세제르가 토로했던 위의 장탄식이 오늘날 유럽을 대체한 미국에게 한 치의 오차도 없이 그대로 적용된다는 것은 큰 비극이 아닐 수 없다. 식민주의의 질기고 강고한 망령과 그 진부한 거짓 수사의 부활을 또다시 목격해야 하기 때문이다. 그의 투시력이 성마른 기우의 수준이 아님을 입증하는 대목은 안타깝게도 차고 넘친다.

먼저 우리는 식민주의가 식민주의자들을 어떻게 **탈문명화**시켰고, 피폐하게 했으며 동시에 **비인간화**했는지를 고민해 보아야 한다. 뿐만 아니라 어떻게 식민주의가 식민주의자들의 잠들어 있는 본능을 일깨워 탐욕과 폭력과 인종적 증오와 도덕적 상대주의로 나아가게 했는지도 연구해 보아야 한다. 동시에 우리는 드러내야만 한다. 베트남에서 그리고 프랑스에서 누군가의 머리가 잘리거나 누군가의 눈알이 뽑혀 나올때, 사람들은 한 사실을 인정했음을. 어떤 한 소녀가 강간을 당할 때마다 프랑스인들은 한 사실을 인정할 수밖에 없었음을. 어떤 한 마다가스카르인이 고문을 당할 때마다, 프랑스인들은 다시 한 사실을 인정할 수밖에 없었음을. 문명이란 다른 누군가의 육체를 필요로 한다는 사실을.

그리고 전 지구적으로 보편의 퇴행이 일어나고 있다는 사실을. 살 썩는 냄새가 사방에 진동하고 있고 부패의 중심이 확산되고 있다는 사실을. 모든 조약의 파기가 끝나는 날, 온갖 거짓이 만천하에 드러나는 날, 많은 정복사업의 허상이 드러나는 날, 모든 수인囚人들의 포박이 풀리고 '심문'이 멈추는 날, 이 모든 영웅들에게 행한 고문이 끝나는 날, 만 가지 종류의 인종적 우월감과 자만심의 고무가 종식되는 날, 한 치명적인 독소가 유럽의 혈맥 속으로 파고 들어가 서서히 그러나 분명하게 온 대륙을 **야만**의 나락으로 떨어뜨릴 것임을.

위의 프랑스를 미국으로 바꾸어 읽어 보라. 작금의 이라크, 아프가니스탄, 팔레스타인의 상황과 너무도 동일하지 않은가. 세제르는 경고한다. '히틀러의 부활' 나아가 '히틀러의 내면화'를 조심하라고. 식민주의 경험에 관한 한 유럽을 반면교사로 삼는 데 실패한 미국이 마지막으로 귀담아 들어야 할 세제르의 유언은 바로 이것이다.

동시에 대단히 별나고, 대단히 인본주의적이며, 대단히 신실하기까지 한 20세기 부르주아 기독교도들에게 그들도 모르는 사이 그들 속에는 히틀러가 주리를 틀고 있었음을 간지해 주는 일 역시 매우 가치 있는 일이다. 다시 말해 히틀러가 그들과 **동거하고** 있었으며 그들의 **악마**가 되고 있었음을 말이다. 따라서 그들은 한 몸인 히틀러를 단죄할 수 없었음을 말이다. 히틀러를 단죄하는 일은 곧 자신을 단죄하는 모순이 되므로.